Cy Twombly

的
郵戳

少況——

著

目次

第一輯

穿行是這裡
唯一的主題

拿坡里

我錯亂了。街道像甩出去的辮子，每一輛陳舊的車如同油膩。好久沒洗頭了，舉玫瑰的傻小子就是傻小子。後面續不動，「你好！我可以漲價嗎？」你真是不好，披薩店前，傻子在收錢。

下雨。我用手頂著。古老街道的氣味，一個老婦人問，我沒聽懂。我只會傻笑。奶酪激發的夜。

電流，天空的寬度：我托著許多公國，一條蛇盤在頭頂上。一個破舌頭吐出又收回，詞語信奉墨子，詭計的和諧號切割秋色，幾個莊稼人戴著藍牙耳機，聽歌劇般的中國嘶吼。

你回來嗎？麻衣鑲金，他的牙是亞克力的。我從他的眼角裡讀到祖傳祕方。仁丹，哈哈哈哈，我們是幾位？他們說的大李是大荔的特產，如果你願意注意。

頭像，混血的那種，捲毛公雞鬧醒科西嘉的清晨。每一代都有他們的套話，三月開了又敗了。狗尾巴掃地，卻不見我表揚。至今情緒淡化，番茄醬母親望著海，望著鮮花的落日。

布爾津

你是俄國人？你的大金牙不像。我們上到三年級，俯
瞰，腰裡別槍的新匪徒非常懂口號，爆粗嘴的那種。秋
天的黃昏，還是血染的。在橋頭走來走去，遇見三頭牛。

鈴鐺一樣遙遠，我們在西北找錦葵。少女旋轉的裙子，
天空一樣展開。圖瓦人離這裡不遠。鑒於此，我想起那
些路上的吉普賽人，松林裡斜射的光。

她替他脫下靴子，紅蘋果姑娘。她被蜜蜂蟄了。溪水是
溫柔的絲襪，夏天一層層脫。騎馬的人呀，千萬不要信！

一個地方的理，靠養蜂人播撒。松子不會呲牙笑，可是
啊，兩手提奶桶的主人公說：「你隨我來，我給你看池
塘裡的酣睡。」

這一層難得溝通。因為紅磚房，因為渾圓的日子一天天
走到河邊，啊，額爾濟斯！

跨在兩邊的思念無法側坐。大家願意商討半導體。額
頭長痘，秋風緊得慌！「你快看，一隻蜘蛛在爬，在
自私地爬！可是做個一次性的項目是萬劫不復，不像蜘
蛛。」

諺語裡的爛俗，同志，打瓦的力氣！

卑爾根

老伯捧一桶爆米花。兩個遊客在買克朗，戰戰兢兢的手數不過來自己的付出。問題就集中在鼻煙上，幾個本地人頭紮在一起，沒看出裡面的名堂。晚霞說沒就沒了。

作為山之子，客廳必須拆除。「我們把樓道打通，可以儲存更多拐角，可是我們的鄉里鄉氣在老伯額頭上鬥得很狠。再見，假挪威人！」

歌劇演員沒有化妝。他是在坐火車，窄軌的。他對車外的雪花說，我來自卑爾根，我不屬於那裡。

設想另外的結局：他們沒有站錯隊。低頭幾個月，夜照樣睡不醒。甲板上，聊天的霞光突然爭吵起來，一杯血腥瑪麗。這個時候也還是大膽，喝啤酒的漁夫遞過去碼頭，纜繩一樣的脖子稍後會滿足鷗鳥的呼鳴。

什麼銀行？什麼魚可以抵押？我們只有在夜間飛行，消除不想做的想法。把牌子給讚頌的地方，清唱舞臺還有人等待。還有汽笛聲。

高州

雞籠子隔著一年，讓整個笑話暗啞。收扁擔的人打落幾
斤重樹葉，城市需要洗臉。大牡丹。

我來講一個修鎖的故事，兩隻烏鴉的對話：

「你為何離開北方？」
「你為何離開北方？」
「我怕冷。」
「我怕冷。」
「你別跟我學！」
「你別跟我學！」

繼續鋸掉樹蔭，用心完善手藝。知府不釣魚，畫著蝌
蚪，鼻頭一酸，多畫了兩點，乾脆改成烏鴉。為了完成
我的對話，又派人捉一隻活的來。

佝僂著粵劇，一慈一悲，是挖耳勺的雜貨鋪。帳本還是沿
用去年，還禮童子不分男女。第一機械廠對面是鑒江，照
不見進展。吉某某闖燈，閃進一片老樓。中式打法裡有春
秋，有不知所云的鳥語花。我在洗手。我的科目是帶走。

我來講一個躲開的故事。沒有烏鴉。

故事在車床上等配件。

箱根

穿行是這裡唯一的主題。他們請來全球知名的無任務專家，在溫泉池裡舉辦圓桌會議。木頭比較考究，報社專門報導了時間的防水性。毛巾，我差點忘了說，今治中標。有一個太老的人，畢竟不是好事。

他們不會記得那些殘酷的鏡頭。平靜如石頭，或玻璃鋼。一座蘇格蘭古堡，一杯大吉嶺茶。兩個帝國的所謂尊嚴，我們穿行在裡面。太陽緩緩地落下，竟然如此須彌，如此芥子。

這是豌豆花。你臉色淡藍。籬笆配合田埂，我配合沒人住的房子。一輛老式車爬坡，向著一個無人管的語法錯誤。踏入你，就是踏入錯誤。

誰離誰多遠？三月初七，一堆凌亂，自動的不會出局，而固念與自我重疊。松柏間，風如劍輝。

這裡不唱諾。一個乞丐背一包袱病句，三三兩兩攙扶，從江戶回來。那裡，我的那裡在哪裡？這個亦未可知。

阿布奎基

一個思考了很久很久的傻X，在作文裡活到今天。咖啡店老闆，摸了摸肚子一樣的腦瓜，從胳肢窩底下變出面具。石榴夕陽結在繁忙的枝條上，下面是遍地的灌木蒿。

狗領著帽子進到加油站，又是沙礫般的歲月打磨下午。早晨晚起。約了當年送驢的印第安人，土坏房的陰影挪出教堂的交談。狗永遠停留在牠的孤獨裡，主人彷彿剪紙，岩石是貼他們的主人。

一些人在這裡中轉。化學方程式人物可以剪接時差，以後的片刻花哨如一副撲克。香水壓抑皮革，屁股磨出花。「花式的？我們這裡直來直去，寧可辣椒味，也不螺旋式上升。這杯涼了，我給你換杯大的。隔壁的糖果紙牌人，你一定沒見過。」

靜如山谷，土坏房低矮，風像披著大氅的神祕客人，尾隨在他身後。他沒有名字。他在櫃檯上放一枚戒指。沙土般坍塌。

葫蘆島

這張虛構的照片很清晰。結構性危機並不停留在精神層面上。我拿出剪刀，刀刃發脆；我用手撕，手停留在無力中。遊樂場破產，打敗齒輪的扯著皮帶一樣的聲音宣告勝利。

幾路？恍然是一座清空詞語的城。

他構思了自己的過去，一條輸掉的喇叭褲。礁石吸納了月光，轉過臉去。冬天的海，作為範式的破壞者，僅僅如此。作為逃票的一代，我們娶售票員回家。

這是定義的完結。哲學家玩不了沙堡，我們繼續燒烤。快捷酒店後面有一片空地，供他們存放多餘的精力和激情。有人搬來碎冰，維持秩序。有人主動將自己呈現在底片上，宣告成功消失。

那就擦去你的鼻涕，在崗哨前面假裝一個過路人。冬天的海可以裝在一艘軍艦裡，也可以裝進一個空可樂罐。謎底是王廣義。

戶縣

我們被搓下來，完整，又零碎，如一粒粒包穀。天色暗黃，像用舊的布簾，每個人掀它時，不由自主地用它擦手。誰不想揩一把油？這層意思不用講，已明瞭在那裡。

二樓鼾聲如墨，濃得化不開，月亮不知躲進誰的被窩。你硬挺在那裡，梳理自己的情緒。翻過來是側身，翻過去是字跡潦草的一夜。還是暖不上腳面，不如潑了辣油的涼皮。

進城回來的娃紮兩個犄角，號稱先鋒。不要動不動擼我的腦瓜，你牽你的牛，我又不是你的牽牛花。

在我的鄉土意識裡，詩人摘蘋果。其他人手中都有活兒：裝煙斗、扶眼鏡，大不了記筆記。許多年前，臉盤兒傳導出另一種完整性。可是這中間缺乏一個不一樣的人，一個人民話劇團演不了的人。禮堂裡，彩排在進行。我們請了全縣的掰玉米高手，臺上臺下。他們動作嫻熟，很快掌握了自由切換角色的技巧。或者說，那是他們的天賦，穿插在演員與觀眾之間。

香港

我背對這扇門時，面前是另一扇門，完全一樣的門，來自七十年代同一家工廠。他偷渡的故事後來有了一個回歸版本，像盤起的香燒到最後。

人很多，面孔濕漉漉地亮，並非幽靈從地鐵口湧出——意象派極其孱弱的東方摹寫，尚未抵達梵谷；他用暈眩筆觸致敬浮世繪。

我與你約在彌敦道，側身坐下時，你也解開了領口。塑膠杯裡的涼茶，玻璃下的抬頭紋。涼氣如賽馬奔過，你慢慢講述後來的他。突然，店裡空空的，只有老闆娘汗漬漬地笑著。你的生涯交待給了她手裡的計算器。

躲閃時，雨還是濺在了收窄的褲腳上。我側身入座，電影已經開始。你在銀幕上摸著一張亢奮的臉，第一排觀眾在報警。房頂打開，每一道射下來的光線都是鹹濕的。它是我們逃離的搖籃。我們逃離時，沒有忘記戴上奶嘴。

綿陽

松柏間，這個城市外移。市民們來到河邊。扔什麼下去？我們聊著麻雀的命運，螞蟻會如何築巢。首先是搬運，你買了好多毛巾，繡上名字，有時是不堪入目的上一代。總之，孩子們為尊者諱，雨傘底下，沒有環節，沒有不需要的囉嗦。

世界獨立。有點過分，名詞嵌入四個字。三十年為一世，現在好像變了。南下北上，或許在這裡界定。海洋廣袤，工筆畫兒皇帝只盯著眼前，當然不能說全錯。

統一，準時到樓下。諜戰片的美好未來，像梁左寫的臺詞腳本。他已經醉的不行。

我拉住樹幹，十月底。最芬芳的底部。周圍是外來人，他們笑嘻嘻喝酒。談廣元的屬性，碎葉天才。這麼多年遊歷後，我們屬於忘卻的題材。涪江等待接納安昌河，蜀國剩下一個後主。勞民傷財，在理想的逼迫下，馬蹄聲聲，在峽谷中迴響。他們一邊講演繹的歷史，一邊在樹林裡飲酒，擁抱麻辣。

斯利那加

警察連樹枝也拿不住，因為上面的蟬鳴像一輛超載的
火車。

火車在倒著開，司機是一隻戴著單片眼鏡的大猩猩，一
刻不停跳動，兩條長臂甩起來，更像是在領操的酋長。
只有頭等車廂裡沒人說話，每個乘客都在剝香蕉。一格
一格的慢鏡頭，香蕉永遠剝不完。他們在徒勞地抵抗古
老的喧囂。

我下車透一口氣。

他六指上的第七個表弟只顧笑，攤開手心。炸藥般轟鳴
的陽光下，達爾湖僅僅皺一下眉，被彼特‧多伊格的刀
刮壞。

那麼就裁掉多餘的船屋。不！多餘的是人，多餘的是
裁掉。

他，其實就是那個表弟，合上眼睛，指向遠方：「我
們的祖先比垃圾山還高。神明告訴他，每一根毫毛裡都
住著他的鄰居。愛垃圾，愛神明，愛鄰居。坐下就是走
去。」

我是在哪裡下的車？我到底是在哪裡上的車？

建德

在建德，如果我記錄歲月，歲月一定是蹉跎掉的；在建德，當年的沉悶被建德兄的蘇聯歌曲打破。後來在江邊，我不記得他回答了我什麼問題。那時候，我就是問題。這不是說我現在不是。未來，我一定是更大的問題。

我當時買了啤酒。簡直是一個粗魯的闖入者。頭頂上的水，我是當年被淹沒的靈魂。野豬先生，我們真的願意共存？穀雨那天，我在被邀的隊伍裡，雖然泥土流失做不到。

旁邊有兩隻甲魚說，您高壽？我舉起筷子，敲牠的頭。是沒說話的那隻。輪到兩個人異口同聲，論證我們的無知。物質即無知。也可以說，物質即悟之。

如果我說，江邊散步今年不同。寫在臉上的是蜈蚣不忍。你說一個人獨時，你是說他毒。

讀是絕對獨的毒。

有靈魂游上來，在水果店。越南老婆說，我們做過山楂樹的兒子，但實在不知道拼接的理由。「這是野豬肉，看兩顆獠牙；牠吃掉蛇，長出鈕扣般的被蛇咬。蛇是一個神奇的讀者。」

托雷多

背著唐和吉訶德，我步履沉重地往上走。天氣燥熱，我肚子又餓。幾家麵包店都拒絕賣給我吃的，因為我沒錢，他們也不收我畫的如假包換的萬事達卡。

我叫何塞，生於何時何地。唐和吉訶德是我畫大的兩頭小毛驢。說是小，也畫了他們十幾年。或者說，描了他們十幾年。準確地說，我是一名漫畫描摹家。我從各種報刊雜誌以及小學生的作業裡抄襲各種漫畫，把它作為自己的職業，甚至事業。藝術家們寫生，臨摹現實，我不過是寫生他們的臨摹，臨摹他們的創作。在上帝眼中，沒有本質區別。

「老頭子最近脾氣不好，經常醜化我。」我聽見吉訶德對唐說。他一定是以為我睡著，因為我趴在一家兵器店的櫥窗上一動不動。

「皮不好？還臭？胡說八道！」估計我最近描的唐在吉訶德的右邊；唐是獨耳驢，左邊耳朵不知什麼時候丟了。我想一屁股坐在包上，懲罰一下兩個跟了我十幾年的傢伙，但我分明聽見櫥窗裡那把劍對我說：「殺了他們！」

葉里溫

我希望下面的故事，你只是當作一個故事，而不是一個寓言。

我來到這座城市後，每天夜裡去各個角落尋找一家叫烏鴉的酒吧。夜巨大且聒噪，但它呈現的方式是獨特的。歷史學家從來不去酒吧。大數據分析顯示，他們必須在黑暗中，憑藉昏暗的燭光，把握歷史的脈絡。每個歷史學家都是蠟燭專家，或者說，蠟燭是為他們發明的。愛迪生消滅了真正意義上的歷史學家。

我當時坐在從久姆里到葉里溫的大巴上。葉里溫是下一座我要去的城市。我旁邊沒人，不知誰留下一本《寂靜的房子》。咳嗽，吐痰，念經，我不知道司機還會什麼。我握緊方向盤，讓他睡一會兒。我看見他脖子上刺了一隻烏鴉。一隻舉著酒杯的烏鴉。

你看他的爪子！那個愚蠢的中學老師叫道。他一頭茂密的黑髮，活像我年輕時的模樣。你休想活成歷史！這時，兩邊的田野裡，收土豆的人在喊。每個人肩上都落著一隻烏鴉。時間在流動，油亮的時間。下坡路上，夜在飛，喝醉了。

右玉

漆黑一團，如同酣睡的心智。眼睛必然大睜，所有白日興奮的扛旗人。我們鄉連續兩年衝到前頭。這裡曾經是逃荒的暫居地。

她在兜售沙灘。她在匣子裡供養海鷗滴答滴答的聲音。我多次上門勸說，她不肯放棄。中間隔著年代，小和尚在我們的言辭裡俯衝，擦過乾燥的空氣和貧窮。明天我還會上門，手裡拿個棒槌。

天空像歌聲一樣透亮，是我們僅有的乾渴和營養。我不得不說，她的生意不錯。

供銷社來了一個採購員，袖口油漬麻花，嘴唇也擦破了。他撲搧著翅膀，兩條空空的袖子。她流淚了，坐在院子角落裡。她知道他早晚會來。我假裝沒看見她蜷縮在那裡，放出那隻海鷗。牠居然靠吃沙子能活下來。想到這個，我也流淚了。

採購員背後是蔚藍一片。那是一塊屏幕，時間跳到對岸。她在甲板上大叫，誰偷走了她的翅膀？

吉林

我像一隻笨鴨子，從山坡上衝下來。我散落的毛，比雪花飛得更高。

這是真實的。他們還拍了一段錄影，用松下牌錄影機，樣子非常笨重的那種。我後來把錄影帶塞進卡式機，推進去一次，吐出來一次。它不喜歡我。

我沿著江邊走，踩著冰碴兒。大頭靴打濕後，黏上泥和樹葉。想想自己寫不下去的時候，在屋子裡轉悠，羨慕一隻輕盈的燕子。

坐下。坐下。彩窗投在長凳上的光暈。此刻，我的手冰涼，我在門口忘了踩踩腳。我玷污了他們的信仰。

他們，所有的人，都在嗑瓜子，劈劈啪啪快樂。

他們像自己的祖先那樣，露出大齙牙。有人還特意用煙桿兒敲掉一顆，鑲上金的。他們說，別雞巴瞎扯，說點正經的。

是先有繩子，然後才有被捆住的手腳。是大戲後來唱不下去，才想到去訪問啞巴村。

德勒斯登

穿過一片枯水季和焦木之林，我們彷彿離輝煌不遠了。易北河漠然，該你出場了。一個初學者，不完全是為了麵包那點脆皮，在用法語表演撒石灰。我們中有懂蘇州話的，不厭其煩地向我們解釋虎丘發音的奧妙。我一個耳朵裡接納著咿呀咿呀，另一個耳朵裡灌滿姆瓦姆瓦。這是一個暖冬。

後來我查了收據，發現我還欠商場一個道歉。時間像玩雙膝顛球的少年，告訴我們需要減少外出。你甚至拒絕為沒事溜達的警察背書，他們也只能一無所獲地背著手。

放寬水的定義，滲透進行程。他們到處找我，忘了看我的留言。他們隔著玻璃窗，看見借橡皮的姑娘擦去口紅，準備好好吃一個大肘子。而我在賣糖果的櫃檯那裡，學一個惡作劇的小男孩，剝開每一粒好看的，在糖紙上簽名。我說我在向學生學習，但學生並沒有幫我翻譯給圍觀的人。他掏出一張廢棄的五馬克。我暗自叫好。我準備帶他去見我的同胞們。我估計他們已經報警了。

自貢

方桌靠窗，下面是一灘水。我坐在那裡，喝蓋碗茶，不去管它。每次他從下面走過時，桌子底下就會出現一灘水。

水面上滯留著一群螞蟻，好像在睡，又好像清醒著。只有牠們知道他的行蹤。

他是我的中學同班同學，坐在最後一排。他的小個子舅媽教我們語文。每次上語文課，他都會站起來，用報紙疊個船，扣在頭頂，背對大家，把他舅舅小時候錯字滿篇的作文〈我的理想〉抄在黑板上。

他很少和誰說話，但畢業時給每個人留了個字。給我的字是「數」。這個字決定了我的後半生。五十歲以後，我每天晚飯後，就把自己關在陰濕的小屋裡，在《自貢晚報》所有空白的地方，用鉛筆填滿數字。上面的文章，在密密麻麻的數字包圍下，顯得格外隆重。抄數字的時候，我全身關注，根本不讀文章內容，但夜裡，我常常被夢中一個聲音吵醒。那是他在讀報。

釜溪河渾濁，他平躺在河面上，兩眼望著同樣渾濁的天空，一字不差地讀出報紙上的每一個字。

哈爾濱

他老婆說他沒回家，可是他哪裡也沒去，除了回家，他不可能去任何地方。他老婆一定是瘋了，直到有人說，這裡存在另一個維度。

我跳下防洪堤，他老婆也跟著跳過來：「老闆，您派給咱當家的什麼任務？」我不是她老闆。她在瞎叫。聲音與亮度都漏了餡兒。玩文字遊戲可以，玩真格的，只有繩子。給我買瓶格瓦斯*吧，我一定要釐清什麼是北方人的習慣，什麼是遊戲裡的規矩。晃晃悠悠，他沉入水底。

然後是褶皺山，市面上吹口哨的大老爺們有時也會婆婆媽媽。我已經轉了三圈，一個長雞冠的後代悄悄遞給我一個偏方。

他們在凱萊大酒店布下網線，並且說見到過他。當時他棉襖底下光著膀子，手裡的煙已經過期作廢。他老婆坐鎮，卻拒絕作證。她的確有那種派頭。跳繩子，不是跳大繩。我把這個祕密告訴了線人。他正在睡午覺，醒來時天已大亮。

---

* 一種俄羅斯飲料，或譯為「克瓦斯」。

蒲甘

早晨的面孔抹兩層灰。雙翼馬不翼而飛，對面走來沮喪
的騎手，嘴上套一個嚼子。他的臉部輪廓和膚色，明顯
不是當地人的。我站在岸上，試圖回憶在哪裡見過他，
確定他的身分。伊洛瓦底河面上浮著薄霧。

我們總是在某個地方窺見異域的蛛絲馬跡，比如，一
支在時間外飛逝的箭，性格錯位的來歷與身分，四下張
望後惘然若失的語感。我掬一捧水，從潮濕的空氣中。
騎手貼在我耳邊，低語了幾個數字，分別是幾本書的頁
碼。你可以從那些地方找到馬的完形。他說。他的氣息
暗示著熱浪其實是奔騰的馬，我必須縱身跳下，才能離
開這裡。

遠處浮起塵土。疊加在一起的空，飄散在婆娑的樹影
裡。我從一本過期的旅行雜誌裡找到幾根馬的鬃毛，被
弄髒的銀色，如同月光洗過的河水。我握在手裡，像握
著一塊冰。

時間只挪了一格。

銀座

傍晚就這樣在對讀中過去了。撲克左看看，右看看，打個哈欠。撲克是我養的中型大貓，比小貓睿智、冷靜，以取笑我和小貓的幼稚為樂。小貓叫贏家。有一次我想快速破案，讓贏家從奎恩的《中國橘子之謎》中撕一頁，沒想到牠把一本書都撕爛了，只給我剩下封底。

撲克則不同。牠躺在我唯一的座椅上，一動不動。我沒辦法，只能坐在椅子的扶手上。等我剛把案情抄寫完畢，牠就猛地跳上桌面，撞翻茶杯。茶水漫過案情，字跡變得模糊。我氣急敗壞地坐下，準備重抄一遍，但撲克占據著桌面，合眼睡著了。

現在想起，案子裡什麼也沒發生。街頭每天行色匆匆的上班族推動案情的發展。有時，我會抱著贏家混跡在他們中間。我們的衣服和毛髮間染上柔和七星、蒲燒鰻魚、咖哩飯和燒酒的味道。我們回到家，撲克會撲上來，使勁嗅聞，完全失去了一隻中性大貓的風度。

聊城

一週的儒學研習班結束，班長建議我們去一趟聊城。班長是加彭人，說一口流利的中文。小時候，他的議員父親講給他聽一個叫陳季同翻譯的中國妖怪故事。他一口咬定，故事作者是聊城人。

副班長來自蘇利南，他從網上訂了輛考斯特，還預約了導遊。導遊帶我們先去看一個籠子，裡面是一隻許久未洗澡的孔雀。我們大家不得不摀住鼻子，聽她講解。「各位來自世界各地的尊貴客人，這不是一隻普通的孔雀。牠的父親曾經參加過大煉鋼鐵。牠多大年齡？這個要看你怎麼算。大家安靜下，避免驚嚇到牠。」其實我們誰也沒說話。「是的，她講得沒錯。我頗有來歷，一時半會兒也講不明白。你們看我的羽毛，每一根都有歷史。」我們的耳機裡分明還是自動翻譯機的人工智能聲音，導遊沒有說話。加彭班長沒戴耳機，露出滿臉驚訝的表情。他應該是聽到了孔雀在說話。「我不是說過，這不是一隻普通的孔雀？現在我們繼續參觀。」

回曲阜的路上，我們每個人懷裡都抱著一隻小孔雀。

哥里

他是在花崗岩餐廳地下一層失蹤的。他在馬路對面的學院讀書，專業是地質學。每天書包裡和衣服口袋裡裝滿各種石頭樣本，沉甸甸的，壓得他背疼。他試圖練就閉著眼用手一摸便知是哪種岩石的本事。紋路、質地和重量，雖然冰冷堅硬，但經每日摩挲，它們獲得了一種血緣般的親近。他覺得父親對革命的態度有點像他對石頭的情感。

讀到三年級，他還沒談過戀愛。女孩們都說他眼光凶狠、動作僵硬、酒量又差。有一次，為了證明自己，他報名參加了校田徑比賽。他綁上塞滿石頭的腰帶。他說，石頭有輻射，那是裡面的精靈，可以帶給他好運。跑到一半時，他摔了出去。石頭沒事，他腦門上留個疤，形狀像前蘇聯地圖。他在小攤上買了頂舊軍帽，帽子裡面，以前的主人寫著一行字：花崗岩是我們的糧食，也是我們的歸宿。他怎麼看，都覺得是父親寫的。

泰安

我喝完早酒，又咬了口生蒜。我覺得我的殺傷力夠了。

我認識醜七怪時，他正在練易容術。他不喜歡父親娘娘腔的小白臉，也不喜歡母親的倒八字眉。

他養了很多雞，可從不吃雞蛋。他知道我練書法，就搬來做我的鄰居，因為我騙他說，我的墨是環保天然的。他用我的墨配蛋清，再加入放了一夜的露水，一點點塗在臉上。前一天他還是張文遠和時遷的合體，第二天，他儼然就是李逵與孫二娘的兒子。他透露給我一個祕密。他父親不識字，但長得白，又能說會道，與肥城縣一個鎮長的女兒，也就是他母親，成為靠唱雙簧晉級的特級歷史老師。他在臺上講，她在背後板書，深受廣大學生的歡迎。他倆還出版了一本《變臉的歷史》。醜七怪天天纏著我幫他推銷，並威脅說，不賣掉五百本，他會變成我的模樣，到我工作的電視臺門口去擺攤兒。我剛和台長吵了一架，因為她把我多年臨的帖當廢紙賣了。台長是我老婆。

兩宿沒睡，我決定一大早去和他倆大幹一場。

蘇州

像鏡頭推出，我說了句莫名其妙的話，而且帶著當地口音。我面前沒有一個觀眾，只有一堵牆。牆面回應不易察覺的暗影，我也沒聽懂。

好吧，我們不是來聽懂彼此的。湯裡放青嫩的菜秧，起床打一盆熱水，對自己勾攏腳趾塞進鞋裡笑笑。一天的開始不如一天的結束，不過也蠻不錯。隔壁小波浪還真的去燙了個波浪頭，來來回回哼著郎呀個郎。

天井裡有你我的回文詩。養水月的蟋蟀聲，泛著清涼的光，像上半夜留個白，漸漸讓與碎步子的話語。不要這麼折磨自己了，小心踩疼青苔。它們可是要面子的。

某年某日，平江路，燈籠底下燈籠褲。竹竿挑個日子，只是供他們描大字。我站得乏了，愈加憎自己面目模糊。當初何不吼石獅子兩聲？乾淨的、邋遢的，統統歸齊，備不住是一個好收場。有閣樓的地方，私房錢藏出不少禍。低眉順眼的紫薇樹，就在你家門口。去去就回。

瓦房店

我在門口討了一些吉利話，很知足地就地盤腿坐下，坐在一灘污水裡。憑藉心定，我接受各種智力挑戰：工蟻的執行力與不丹的幸福指數構成的曲線弧度，意志力的開方和次函數，虛擬貨幣的政策刺激對網絡小說閱讀量的影響，一隻翅膀的蜜蜂（假設是左翅）發出的遞減聲波，等等等等。可是千萬別問我褲子怎麼濕了。

我來自一個工程師家庭，父母兄弟姐妹都是喜歡鑽牛角尖的工程師。我老小，所以在他們的長期壓迫下，專走偏鋒。我只穿一隻鞋，但走路時並不單腿跳。我在網上結識了一大批身懷獨門絕技的奇才，每年農曆九月，擇一個宜開光日，在亮子山裡相聚，進行猜心思比賽。每個人把自己的想法記在一張紙，讓其他人猜。最快速度準確猜中的，獲得一隻透明的小蜥蜴。據說把它養大的人，每天都能被超能量加持，做到常人做不到的事情，比如凍在冰裡，依舊行動自如。我目前養著十一隻透明的小蜥蜴，能力變得越來越強大，就是運氣不太好。

靖西

那一天，民權街上沒人。不知誰家養的一窩小兔子，拳頭大小七隻，四白三灰，在空空蕩蕩的馬路中央跳來跳去，歡快像放學的孩子，又急促如饑餓的靈魂。

我被店員反鎖在眼鏡店裡。她忘記我在辦公室睡午覺，就拉閘關門，去吃飯了。室外溫度估計快竄到四十了，店裡開始悶熱，剛才空調的涼氣像大火上煮化的冰塊。我也忘了給手機充電，正眼巴巴地望著窗外，渴望有人走過。我先頭舉著，後來貼在胸前一張白紙，上面寫著：「請打下面電話，救我出火爐，定當重謝。」等了大約半小時（有了手機，我不再戴手錶），沒有一個人走過，世界好像死掉了。我想起小時候，父親去打仗，再沒回來。一個同樣悶熱的夏夜，母親摟著我，無聲哭泣。她的汗水混著淚水，滴在我身上冰涼。我想用嘴去舔，又不敢。

我雙手使勁拍打窗玻璃，希望有人聽見。那七隻小兔子，厭倦了空無一物的周邊，聽到砰砰砰，並不害怕，反而好奇地跳過來。牠們豎直耳朵，興奮地起舞。

無為

跟在後面的一位左手背上長個瘊子，他用右手捂住。他一輩子什麼也不幹，就是捂住瘊子，生怕它跑了，或被人看見。

和老丈人一樣，他是汊河鎮的入贅女婿，家裡的屋裡人，大門不出，二門不邁。他整日坐著，翻翻她們家的家譜，讀讀黃曆，眼倦時，眺望一下江面無盡的愁緒和駁船沒落的身影。

一天，他捂著手上街，遇見一個乞丐攔住他，給他十塊錢，勸他回家，說今日不宜出門。可是天氣實在太好了，他覺得陽光像一條小狗，舔著他發黴的肌膚。他捂著手，接過皺巴巴的十塊錢，抬頭望一眼藍天上一朵做鬼臉的雲，轉身往回走。

走到一半，他站住了。他覺得那張錢捏在手裡怪怪的，有一股不斷增強的力量。街上和上個月來時沒任何變化，賣麻油的牛三還流著鼻涕，超市門口的兒童玩具車隔一分鐘亮一下燈，招攬客人。他的影子投在路面上，像一件沒繫好扣子的衣服；他有一種強烈的衝動，想彎腰去替它繫好。

萊比錫

我注意到他的喉結有點大，像我在東方旅行時看見的槐樹樹幹上的瘤疙瘩。我視線轉向右上方，避免讓他尷尬。但從餘光中，我還是察覺到他臉上閃過一絲不自在的表情。他年輕時一定嚥下了太多必須講出來的話。

我是一名語言病理學家，治療語言引發的各種疾病。口頭禪、客套話、半拉話、車軲轆話、指桑罵槐、打官腔、新聞體、花言巧語、總是問為什麼、自說自話、滿嘴我我我、喜歡用反問句式，還有其他語言表達習慣，都會一定程度上造成心理和生理疾病。當然，它們首先是一種心理疾病，久而久之，影響到身體的某個器官。比如，指桑罵槐嚴重的會損傷肝臟，花言巧語的一般腎功能不好，過早開始染髮。超級新聞體的容易得肺癌。我把病人分兩組，分別通過禁語和吊嗓子來緩解病痛。我曾經服務於前史塔西的幹部和教育處。

我越看眼前的這位先生，越覺得他是我的一位前同事。他似乎也認出了我。此時，聖多馬教堂的鐘聲響起，悠揚，帶著無盡的憂傷。

大慶

意識所需的敘事線，布局。注視櫃子，裡面只剩下一條僵死的皮帶，蛇皮材料。師傅的遺囑壓在大瓷缸下面，灰塵，記憶神經的風化，纖維化。讓我把手伸進她的懷裡。

重新布局日記。夏天反而是荒涼的，在沙沙作響的描述裡。我八歲時，宇航員量完體重，裸體站成一排未來。但那是別人的。數據交換像煙火那樣在空中綻開，節日芍藥一樣的臉龐。我擁有紀錄片的破格鏡頭。八爪魚升空，一隻接著一隻，像天外來客，一滴滴油。

室內場景。主人公退出，隱入緊閉的門。誰的電話？排除式寫法，不是零度寫作。可能是一幅零度可樂的絲網印刷，合成、剪碎，再打碎成紙漿，再還原成這個城市的模樣。石灰、焦油（不單單是現代人的焦慮），生鏽的鐵絲網殘存。那些太老套了。那些純粹是希冀於震撼。

他說，城市凍胖了。我偷窺一個時代的潛臺詞。不標準的準文體，到夏天，轉軌還在完成中。

大同

我沒想到事情發生了徹底的逆轉，朋友和同事成為一致
反對我的敵人，自從我把那塊無錫買的假山石立在院子
當中。我的副手，與我一起創立運輸公司的賈山，覺得
我開始不容他，用一種獨特方式把他曬在大日頭下。我
們曾經去懸空寺算過命，連抽十次，我們倆都是一模一
樣的籤。我有點懷疑籤筒裝的都是同樣的籤。一次喝多
了，他說他一個叔叔是出家人，事後問他，他又說不記
得，因為那天斷片了。公司業務最近極差，我不希望自
己因為情緒不好，變得像崇禎皇帝那樣多疑。

可是我女兒甄小山最近和男朋友分手了。她男朋友叫
賈小海，是賈山的兒子。我的名字是甄海。當年我們創
業，拜把子做兄弟，就決定有了孩子，用對方的字，加
一個小，給自己孩子起名。我一直想要一個兒子，但你
們知道父親多麼愛女兒。閨女說，自從他們倆來公司看
見那塊假山石，小海一直魂不守舍，半夜做噩夢，嚷嚷
自己是闖王。他說他看見父親餓死，他自己會出家，步
他三叔的後塵。

洞庭

飄渺，紗一樣的早晨。夢的殘餘，他吐口氣，好壯，抵抗著一種虛無。這裡沒有解析，在一個船夫那裡，力量相同。槳在水裡浸泡久了，搖它的人一天天老去，體力，更多是懷念，拖累時光的速度，而歌聲從水面上飄來。

打氣槍。假設你是那些氣球中的一個。打不中。以逆行方式，回到惡作劇。夢最終是惡作劇。拒絕比拮据還管用，你能從詞語中省出什麼？

漁家女，糯飯糰。用盡力氣的比喻。可以，但不必提前結束，比如這人生。在絲綢處，結清一筆糊塗帳，如果天氣熱得要了虎丘的命。他們在平房裡看講解員頂替央視的幾姐，瞌睡隨時到來，如同潤喉糖。

放幾根長線，不辜負水的軟處理。在指向的鉤上，魚是各種想法。他回到家裡吃素，拜了拜荇菜與藕，連同石頭調養的精神。他在湖山中浪跡太久，他只有虧欠和愧歉。一只空缽盂。

忽略那個為一朵石榴花打坐的人，如果可以。

雷克雅維克

家屬區的情感模式：一株草一個坑，永久消失。他們腦頂生煙，被自己的誘惑制服。浪漫化的圖景，公共汽車司機是總統的丈夫，鬍子下面，唇紅齒黃，吃了太多的糖。新朋友說匹配，雪提前抵達，各家比約克擺動淺黃的髮辮。

方塊。不是字。是管理的維度，在父親那裡得到肯定。在模式實驗室裡，你請攝影師拍攝小區的環境，從屋頂搖到車輛出沒，搖到雨刷器的夏季。進一步，還是退兩步，圓規儀在蒼白的紙上擴充空間，直到來捲圖紙的人一跳一跳走了。

這是一次累積的旅行，像一個盒子有各種打開方式。他提議先在裡面裝幾個燈泡；問題是，從哪裡接線？一份上個世紀的舊報紙，照片裡一串腳印和當年的背影。你從問題的假肢上取下準備好的卡丁車鑰匙，進入或逃離。幾次，我差一點沒忍住，想出面質疑家門口的陌生人。但那把禿掃帚又長高了，孤零零的。

內鄉

她從網上替我訂好酒店，並給了我騙子公司的地址：縣衙路拐向公園南路的街角。她託了很多人，好不容易找到我，希望我為她報仇。

我已隱藏十年。縣裡最大的詐騙案，主犯全部落網，但幕後的推手，他們難以向警方準確描述，因為我把他們都騙了。我通過在不同地點留條子，幫他們出謀劃策。這些條子是用當天的報紙拼貼成的。我總是能從裡面找到我要的字句。實在找不到，我就改變方案。或者說，我總是能從裡面找到方案。我對縣裡每個角落瞭如指掌，因此不會有人看見我留條子。比如，有一個條子夾在了電信公司劉總的別克雨刷下。車停在天虹小區院子裡。那天是星期四，他的麻將日。

公安不再查找我，因為我策劃這個案件，只是為了證明自己騙術的高明，以及縣裡有多少平時看著很正經的人，其實和我是一路貨色。我把一百塊錢和拼出來的初步方案夾在一起，扔在路邊，告訴撿到的人，如果能召集五名騙術高手，會得到豐厚回報，我的下一步方案會超級迷人。

怡保

我從書局出來，鸚鵡小安尖著嗓子，道了聲「晚安」。
烈日把阿德叔嘴烤歪了。午飯時間，客人在他兒子的海
南雞飯店前排長隊。我真想搧小安兩個耳光。牠永遠沒
有報對過時間，導致我一輩子走背運。

我的高祖下南洋時，在船上偷了一個懷錶，一個逆時針
轉動的懷錶。他當時不懂，只覺得滴答滴答的聲音，讓
他容易進入夢鄉，看見死去的母親和舅舅。他父親是漁
村的頭號無賴，右手因欠賭債被剁掉四根手指。高祖從
他那裡除了壞毛病，什麼也沒學會。

因為這只懷錶，他的兒子開始喜歡讀書，改變了家裡的
命運，從貧困的苦力，成為清貧書販。阿德叔年輕時，
曾經想到我們家書局做學徒，但阿德嬸用嫵媚的笑容和
遠見卓識替他的後半生做出明智的選擇：「你見過夜裡
打鳴的雞嗎？你見過太陽從西邊轉到東邊嗎？」

阿德叔後來天天見到雞，一隻隻煮好的雞。某個黃昏，
他在火車站遇見一隻倒著跳的鸚鵡，買來給我：「讓他
給你消災吧。」

開封

曾經有個蠍蠍叫出了他的名字。他快走不動了。風拔起草皮，屋頂瓦片劈啪劈啪，卻不碎。什麼神祕的力量在暗中安排這逆行？濃墨聚攏，與天際的群峰擠出飄浮的一條舊絲帶。無法回去的安寧之鄉。

另一個故事是向北，初冬乾枯的草莖擁擠在一起，在昏花的眼中反而聚集另一個人無法領悟的力量：那命定的荒涼只有更荒涼。火一般燒過的禾稈，必定釀不出金黃的蜜。蝴蝶是操刀人奉命臨摹的，也是這另一個人萬萬沒有想到的劫。

轉動萬萬次的劫，終於紮成連接兩個人的死結。他爬個小山崗也氣喘吁吁，而他滾過多少人堆，敗落在自己親手營造的未來裡。蠍蠍喊他回家，他聽見，在寒冷中，在長長的白髮中。

於是他或許夢見了他，比他的字還瘦，隔著近千年的濃霧，伸出可憐的舌頭。雪落在上面，落在兩個人的心裡。曾經的榮耀埋在爛泥裡，而白茫茫的饑餓已經壓倒屈辱。籠中的名字曾經是他們的權力遊戲。

日照

「今晚回家，去XX」，一根電線杆粗魯地擋住了我的去處。我坐在街邊的椅子上，杯子底最後一口冷咖啡，比十一月還令人失望。一隻呆頭呆腦的鴿子執著、認真，試圖從地上找到麵包屑。我真想趴下去，幫幫牠。

我已經把電話號碼從頭到尾又讀了一遍。數字有一種奇妙的安神功效。剛才我還在詛咒天氣，發誓再也不到一個陌生枯燥的地方，與網友見面。

每個週末，我都會給對方轉帳，幫他買好車票，去一個陌生的城市見面。沒有什麼特殊活動，就是一起吃頓飯，把網上聊過的五花八門的問題再聊一遍，或兩遍，然後各自回家。我們從不問彼此的真實姓名，不談私人生活，只聊各種邊緣科學。上週一個害羞的濰坊微胖小夥兒，一直不停解釋他曾經提到過的童話生理學與新型符號學的關係。我插不上話。我最喜歡這樣的約會，沒有比它更有助於我鍛煉保持微笑和傾聽並迅速忘卻的能力。

今天要見面的滄州大爺，據說要和我討論厙斑豬的體格和元朝的婚姻制度。

福州

《求是報》還沒翻開，門房就進來通報，說有一位林三發先生求見。他一臉詭異，說明一定有什麼蹊蹺。

果然，那個叫林三發的細瘦男人，帶來一位中等個子的洋人，從打扮上看，是一位傳教士。

「陳老爺，這位是坦會長，小人和會長想找老爺幫個忙。」

「陳先生，幸會！」他沒有伸手，而是抱拳。「在下聽說貴府有一位傭人，每天卯時發癔症，滿院子跑，嚷嚷沒有辮子的人升不了天。」

我下意識地摸一下後腦勺，壓制住內心感受到的恥辱和期盼。這樣的家醜怎麼會傳得連洋人都知曉？但又真心希望有人幫我解脫出來。

沒等我張嘴，坦會長接著說：「貴府這位病人是林三發舅舅的魂。去年臘月，林舅舅在長樂發瘋，天天拿著砍刀蹲在屋頂上，說耶穌讓他幫沒有辮子的人攔住追殺的小鬼。我的一位教友會算命，查出他的病根是魂丟了，被貴府的傭人賭牌時贏走的。如果陳先生今夜能把他趕出去，我會在靈響路為上帝領回一頭迷路的羔羊。願主保佑先生！」

古丈

我其實什麼也看不見，但為什麼要揮手？僅僅是一種習慣？還是確實看到了那些濕漉漉的面孔？我無法確定。

我是寄居在這個縣打字店裡的幽靈，黃昏和黎明對我沒有區別。唯有鍵盤上手指的飛速移動，我能聽出微妙的不同：新來的姑娘昨夜失眠了；在某些詞句裡讀到傷心的事；她在掩飾對枯燥公文的厭倦，或某些數字引起的欲望。我能感知她思緒的觸鬚，像聲波那樣在室內悶熱的空氣中顫動。她的生活，即我所察覺到的全部，只是她應付生活的條件反射。待天氣轉涼，她的反應會變得微妙，我捕捉到的氣息是浮游和偶爾停頓駐留之間的某種狀態。我自己也經常因無法把握會游離到狀態之外。我對自己越來越不滿意。

我為什麼沒有選擇其他地方存在？不要問我。我是一個被動的存在，依附於各種偶然的因素所賜予的表層。我生前是江南水鎮的一名衙役，一次酒後落水，遇見湘西來的書生。他說，我把你寫進我的家書，百年後，你會幫我見證時間無非是生命的體徵。

迪耶普

不知何時起了雲，海灘變得清冷。我合上斯皮瓦克譯的《論文字學》，疊好毛巾，抖抖身上不多的沙子，往停車場走去。

四個男人在用地鑽搗碎水泥地面。他們邊幹活，邊聊天，慢悠悠地，但絲毫不給人磨洋工的感覺。個子最高的是黑人，下巴寬平，如一把鏟刀。兩個矮小的看著像阿爾及利亞人，捲髮，眼窩深陷。我興致勃勃聽他們談論球賽和姑娘，差點忘了他們站立的地方，我上午在那裡停了一輛福特。

「先生們，打擾一下。我好像在這裡停了一輛車，能不能麻煩告訴我，它現在去了哪裡？」

他們停下手中的活兒，詫異地相互看看，然後才轉向我。那位黑人用印度式英語慢條斯理地說：「兄弟，這不是停車場，你看看這把椅子。」他指著旁邊固定在地上的長椅。

「歡迎大家來到敦克爾克！」此時，後面來了一群印度遊客。敦克爾克？我不是在迪耶普？其中一個小夥子突然走過來：「爸爸，你怎麼在這裡？」我一輩子單身，不過，他確實長得太像我了。

井陘

樹頂上的野人三天不下來吃東西了，我們很擔憂。堆放
在樹下的土豆、蘋果、棗和饅頭開始腐爛。有人想換上
煮爛的羊蹄，被冒牌小說家攔住。這是對野人的褻瀆，
他煞有介事地說。野人逃到山裡，住在樹頂上，就是表
明要棄絕我們的動物性，他補充道，並從麻袋裡摸出一
個本子，準備讀給我們聽他的《前敘事理論》。幸好，
我敲響了鑼，宣布晚飯開始，大家可以喝酒吃肉了。

今天輪到我值班，舉著松明巡夜，確保冒牌小說家睜大
眼睛時不墜入無底的黑暗，心智被野人攫取。我還要一
刻不停地念叨，把各種菜名轉化成凝聚部落向心力的語
言。每隔十五分鐘，我拍拍那棵古柏，提醒野人我們的
存在。冒牌小說家考證過，噩夢的噩，和餓，還有惡，
原先都是通假字。但野人醒著做夢和睡著了做夢，雖然
都可以稱作夢，實際上是完全不同的兩個字。

再過兩個月，蒼岩山會迎來第一場雪。我們每個人，把
野人逼上絕路後，成為了真正的野人。冒牌小說家把這
些話刻在樹幹上。

芝加哥

我離開這座城市時，它已經濃縮成一張薇薇爾·邁爾的照片。

可能是本世紀初，或更早。我總是混淆街道、面孔和年代。他們說我應該養一條狗，最好是斑點狗。和牠建立親密關係，識別牠的獨特性，世界才會真正進入我的記憶。而記憶，我那位醜陋的心理醫生說，無非是生命的骨密度。他太瘦了，眼光顯得格外凶狠和貪婪。「我曾經養過一條薩摩耶，我的前任喜歡去邁阿密度假。所以我現在只收藏犬毛。」他一口喝掉濃縮咖啡。我不明白，他怎麼總是在喝濃縮咖啡。「你的問題是，喜歡穿鬆鬆垮垮的衣服。」

出門後，我發現手機上有兩條未讀短信。一條是兒子發來的。他現在在田納西讀文學博士，研究史蒂文斯。我多次勸他改修心理學，這樣我就不必把這麼多錢全花在這個瘦骨嶙峋的死靈克博士身上。

「我給你買了生日禮物。罐子非常漂亮。我很抱歉，為了節省郵費，我寄給媽媽了。老爸生日快樂！」

我的前妻已經過世。她生前住在俄亥俄州的哥倫布。

富爾希爾

我叫保羅，出生在英國，和那位英國攝影師同名，但我是美國人。

昨天，有人在網上問我，如何給一頭長頸鹿的憂鬱編程，我的答案是，樹葉都有兩面性，你們家後院的籬笆太矮了。

後來，我出門買殺蟲劑，遇見隔壁的委內瑞拉人。他過去是牙醫執照簽發人，現在賦閑，迷上了迷你高爾夫。

「下午好，格雷漢姆先生！」
「嗨，何塞・伍茲！」
他張開長繭的手，自豪地投降，一舉兩得。「今天不太熱，他們說明尼蘇達下雪了。」
「是啊，保險公司有事幹了。」

我突然想到西西里島的古希臘人，海水蒸發後的思想空白，還有醃制的橄欖。對了，白蟻的繁殖速度是下一個程序的自學習，模擬各種環境。關鍵是要可控，並窮盡所有的可能性。模糊性也要有一種非常高級的白，如過度曝光的貧窮。

路上沒車，我把速度設在八十。小區的房子像映在一塊玻璃上，從我眼前閃過。我的問題是想得太多。風停了，我的答案落下，碎成玻璃渣。

多佛

靠近沙灘的水兩種顏色：淺綠與無色，透出下面淡淡的黃沙。幾個遊客躺在水裡拍照。於是我看見了背後的白堊岩，建在沙灘上的一排草棚屋，每一座前面都站著一家三口，紅撲撲的臉，胸前掛著花環，撲搧著胳膊，表示歡迎，或者為拍照擺出各種彆扭的造型。有一隻海鷗，為了表示抗議，停在一個父親的禿頂上，閉上眼睛，假裝睡著了。

我們坐的小船也是透明的，船夫是一位癟嘴老頭，臉太小了，像草草幾筆勾勒的速寫。「我們到了英國？」他看著比我們還迷惑。我赤著腳，可是船上沒鞋。我明明記得剛才自己脫了鞋和襪子。我看見旁邊的幾位都長著鴨蹼一樣的腳。

一條鐵青色的魚在不遠處一動不動。透明小船在等速前行，魚與船保持不變的距離。一朵海龜形狀的雲投下陰影，淺綠的海水像含了雜質的玉。有人在雲上用韓語大聲喊叫，感覺在被人痛打。

我們進入了一片森林，高大筆直的樹木遮蔽了天空。我腳底的老繭扎進一根針。

黃瓜園

從樓道出來，外面在下雨。《畫語》寫到三分之一，腦袋昏昏沉沉。朋友說，文筆太激烈，感覺老了二十歲，和他父親是一代人。有一天，讀到話語權，才意識到自己心理深處有大片陰影。太多排比句，對皴法的批判，比昨夜的雷聲還響。佩服隔壁老彭的心理素質，咳嗽聲打在牆壁上，像戴著拳擊手套的人在砸。據說老彭的岳父是體院的搏擊教練，但他從來不提，只是週末約他喝酒，他總是沒空。他畫中的老人，永遠矍鑠、古怪，沒有鬆散慵懶的肥胖。

還有人勸臨帖，說可以減輕自閉症。真是難以理解，天天閉門，竟然能開闊心胸？帕斯卡爾說過人的終極問題，但他自己也沒解決這個問題。如果他活得長壽，他會像維根斯坦那樣否定自己嗎？

一個自虐狂，可能比自閉症更可怕。智慧是一種可怕的東西。這個小區的居民都太自戀了，沒有足夠的勇氣和智商摧毀自己。老彭畫了三十年，還不如他老師家的保姆畫的青綠山水。《畫語》中會寫到她，一個休寧瓜農的女兒。

蘭州

我是在磨溝沿總店裡注意到他的：四方臉、平頭、大眼珠，感覺要彈出來，但並不凝視，而是無視一物地沒光，好像不是他的一雙眼睛。他的動作中規中矩，端直坐下，把醋倒滿一整勺，均勻灑在麵碗裡。彷彿為了省去一切不必要的事情，他不像我們那樣急著去吹散碗裡的熱氣。他從口袋裡掏出整整齊齊的白紙包，打開，裡面是九粒一模一樣的花生米，感覺不是自然生長的，而是用人工模子刻出的。他吃兩筷子麵，夾一粒花生米進嘴，若無其事，又充滿儀式感。周圍的熱氣騰騰和進進出出，被一種巨大的漠視和自我約束屏蔽了。此刻吃麵的他，從坐下開始，到喝完最後一口湯，把那張白紙再展平、疊好，小心翼翼地裝進上衣口袋，整個過程是十分鐘，不多不少，因為我的手機鬧鈴設在七點半，他那時進來坐下。等他起身，我會看一下手機，正好七點四十。如此五天下來，我準備下週一和他聊聊，但他再也沒有出現。問其他常來的人，他們說根本沒有見過這樣一個人。

奇馬約

朝聖者都離開了，停車場只剩下我們的豐田紅杉。天色蛋青，遠方明朗。我發現雨刷下夾著一張紙。這是某本書後面注釋的最後一頁，只有四條。不同於一般的注釋，它們不標明出處，僅僅是對書中一些詞語進行評注和考證。

263.「安茹河」，存疑，第183頁。

264.「鳳尾骨操作」，一個垃圾站撿來的詞語組合，沒有原生性。鳳凰的尾骨，從性別意義上，是某種可憐的取消，是對作者本人的故意嘲弄。事件的時間蘊含在各個參與者的主觀確認中，一個沒有輪廓的集體形象必然導致事件的坍塌，如缺乏龍骨的建構，第185頁。

265.「上游考證」是預先清洗。歷史上發生過兩次重大的上游考證，分別在羅馬帝國後期和本世紀中葉，第185頁。

266.「大象」明顯不是指那個四足動物，而是突然的澄明，第188頁。

這張紙後來被我亂放，不知去處。不過，幸虧我當天回到酒店後，就在筆記本上做了逐字抄錄。

伊爾富德

要不是愛上化石，我現在可能在鎮上中學教音樂。我父親是教堂唱詩班的，但他更喜歡妹妹，從來不培養我的興趣。世紀初，布汝耐特在乍得發現了最古老的人類化石。電視上報導時，我在拼樂高，父親在教妹妹唱〈冰涼的小手〉。他頭也不回，對我說：「克萊門特，那個時候，可能你的火星人與人類有聯繫。我願意送你去那裡。」

圖盧茲有不少黑皮膚兄弟。我同學裡沒有乍得的，但有個馬利女孩，可以像中國同學那樣用頭頂東西。我們做了個校長的大胖臉，她晚會上頂著，一邊跳舞，一邊耍火把。

這一切斷絕了我在法國的發展可能。十九歲那年，我告訴父親，我不想上大學，法國見鬼去吧！我無比驕傲地在晚宴上宣告：我要去撒哈拉！我要去白堊紀！我要見火星人！

過去幾年，我就生活在這個沙漠邊緣的綠洲小鎮，改宗，娶三個妻子，往中國批發椰棗，收藏和買賣熱愛的各種化石。蘭波，他們那麼崇拜他，不也是通過這片大陸，來完成他的生命？

雅典

「這隻蒼蠅是過期的！」教授站在桌旁，拒絕落座。「豈有此理！我在這裡吃了半輩子飯，第一次遇見這種事！」

我的老闆顫顫悠悠拄著拐杖，滿臉困惑。他忘了戴助聽器。我只能立在原地，不敢動彈，手腕開始發酸，盤子裡的小羊排在失去熱氣和香味。客人看看教授，看看我，擔心自己的羊排冷了，又怕得罪教授。我們種族能忍受屈辱，又保持尊嚴，可謂奇蹟。

大二時，我選修過教授的《街頭政治與語言結構》。他的專業是意識形態版圖學，以憤怒和不著邊際著稱。其他課題包括《酒吧文化與屈身溫柔》、《車間意識與口語傳統》、《頭版意志與道義擔當》和《網絡新詞與脫離假像》。我的兄長，跳厭了島，告訴我教授的醜聞。我從去年起，就開始演算他的射程。不要誤解，我勸你閱讀徐梵澄先生。他在記憶中安頓了古印度的文明，剩下的，是我們後天的體驗。在寬容的哲學下，賣奶酪的與德里達同屬一個陣營。教授每節課結束，都當眾燒掉講稿。

漢中

他給我看一截繩子，我奔潰了。

他的岳丈住在泰山，生了五個女兒後，去廟裡捐出一切，赤身裸體走進子夜。那件麻袍珍貴，可是，某某大帝說，我在東方，可是東方的人背叛了我。

租棉襖的從未想到過，但各有詭計，各有自己完成季節轉換的方案，實在不行，我只能想如何變通。

某個夜晚，連螢火蟲都厭倦了文明。

都是短句式，我受阻，我的電流不拒絕電錶。當年，從咸陽出發，他們撥開人為的障礙，回到原始邏輯，誰會用？誰只是講?!

一晃過去千年，又起烽煙。要飯化子從那年走到今天，其餘是私域，你儘量把它完善。當然，我們設置的第三方監管，只是需要人加權，以備無法兌現夜晚的諾言。一場比賽，獨角獸在分水嶺歌唱。以前可有人做到？可有人沾沾自喜讀志摩的詩？

來了一個語文老師，沒收我借來的小人書。我不敢說明，禿鷲斜著俯衝。自然？順杆爬與出溜下來，無非是你交回稻田。

金邊

「他們告訴我她已經死了，我的公主，我的妹妹，我無法回去的往日時光。」

我又讀了一遍，這些寫在小學生練習本上的煽情文字，如果此刻不是坐在昏暗的酒吧裡，我早就扔到一邊。穿小背心的服務員過來，遞給我一個紙條，用圓珠筆寫著法語，我只認識賣和明天兩個字。我需要說明，我們一直靠歷史活著，高棉人必須依賴一個極惡的人，才能擺脫厄運。

我是靠一個很偶然的機會認識了副司令。當時，我在磅遜港賣保險。我妹夫，一個油滑的信仰倒賣商，經常嘲笑我哪壺不開提哪壺。經歷了這麼多年家庭分裂和信仰轉變，很多識字的快接近滅絕。但為了生存，我們很快恢復了基礎文化。我幾乎認識保險單上每一個字，並且知道如何解釋。一個氣流壓抑的下午，幾艘船的老闆，實在太無聊了，聚在兵營裡撒酒瘋。副司令姓蔡，後來告訴我，撒酒瘋的人，比一本正經的人靠譜。

和蔡副司令告別時，他給我一個小學生筆記本，留下一句話：相信，這就是你的問題。

虹橋

天不冷，但他已經全副武裝：深棕色呢子大衣、深紅色圍巾、雞屎黃的毛線帽。我注意到他，是因為他快兩米的個頭兒，筆直站在那裡。趕著上班的人從他身旁匆匆經過，他像柱子那樣立著，唯有嘴在動，咀嚼著什麼難以下嚥的東西。

「盧特維奇先生，你在這裡多久了？」我怎麼會說克羅地亞語？

他居然聽懂了，急忙把嘴裡的東西嚥下去，瞪大眼睛回答，但是用我居然又能聽懂的挪威語：「我想你認錯人了，我叫哈斯伯格，來自離奧斯陸不遠的哈馬爾。不過，我的鄰居叫盧特維奇，來自斯洛文尼亞。」他剛才差點兒被噎死，漲得滿臉通紅，但我認為他是被捂熱的。他比剛才又長高了五公分。上班族繞開我們，繼續趕路。一切彷彿被摁了快進鍵。

「那是他的雙胞胎兄弟。他們五歲時，被寄養在不同的地方。沒想到，後來成了兩個不同的國家。弟弟繼續搬遷，去了挪威。」我坐在天山路拐角的店裡，東張西望，巨浪般的厭世感向我襲來。遵義路在下大雨。

第二輯

純粹的抄襲需要
純粹的感受力

康卡勒

第一波遊客呈散點沿海岸分布，他們的鈦合金頭盔像是海底生物的變異。

我給自己放了半天假，消解胸中的怒氣。館長又一次故意刁難我，讓我這個掛毯專家去接待一個商業藝術團，講解馬賽克瓷磚。我告訴他，下午休假，失散多年的叔叔于勒來看我。我是孤兒院長大的，館長也知道，但他不能當著別人的面戳穿我，因為戳穿一個黑色幽默的謊言，在我們這裡，比說謊還丟人。

初冬的天，　片慘淡。雲像黑爐渣鋪滿。兩年前，館裡舉辦過一場工業革命和藝術的展覽，我在一張舊合影照片裡，看見一個鋼鐵廠工人長得極像館長。我問過他的助理，他說館長在巴黎第五區長大。我什麼也沒多說，可後來館裡關於他身世的謠言四起，有人說是我傳播的。

「你好，富尼耶先生！」此時，賣牡蠣的米歇爾老頭叫住我。他從口袋裡掏出剪報。「我幫你找到父母了。這個女人，曾經在我這裡吃過牡蠣，據說和你們館長有個私生子。」照片上是多年前一個女遊客的遇害消息。

景洪

混蛋是不打坐的。混蛋就是混蛋，一路橫行，見佛殺佛。

他和我說這番話時，月光在他黑瘦的臉頰上印出新月型的刀疤。我是電視臺的娛樂記者，和一幫夜貓子混吃混喝。歌手白鬧常約我在廣場夜市喝啤酒，吃烤羅非魚。他胸前掛著一串珠子，是各種骷髏頭。

這個是兔頭，我哥們用雙流老媽兔頭的材料，等比例縮小，雕刻組裝的。這個邪惡的蛇頭，是我用電貝斯的弦找人做的，紀念那首特牛逼的〈蛇行時代〉。還有這個木雕，你猜是什麼骷髏頭？說了你也不信。大象！他媽的大象的骷髏頭！

魚一面吃完，我開始往另一面上再撒點辣椒粉。關於白鬧，圈子裡有很多不稽的傳說。比如，他的歌曲都是一個泰國人創作的，白鬧幫他找到了前世，他答應在白鬧家的頂樓度過餘生，為他寫歌。每年白鬧家門口的芭蕉都有一根芭蕉的皮上，長出一個僧人盤腿的圖形。

他們說我那個啞巴弟弟沒走丟，只是消逝在我的歌曲裡。太扯淡了！他生下來那天，我們家走丟了一隻雞。

輪台

時間的逼仄讓我走上了險徑。他們在我臥室裡放了一個沙漏，和我的床一樣大小。製造沙漏的工匠還提供了金氏紀錄證書。有一點可以肯定，我的床是上過金氏紀錄的，必須拆成兩半，才能裝進飛機運輸。

其實我只占據床的一角，如同一把勺子放在四人餐桌上，雖然這麼比喻有點誇張。為什麼要睡這麼大的床？沒有什麼特殊原因，就是因為我的臥室太大了。

我每天夜裡被沙漏聲驚醒。花園裡，有人通宵值夜，確保沒有聲音打擾我。鳥和蟲都攔在五公里外，其他夜裡發聲的，他們都會找到暫時消音的技術方案。天亮時，生怕恢復聲音的過程有閃失，不能及時呈現自然狀態，他們在籠子和泥罐裡養大一些有奉獻精神的孩子，並訓練他們學會鳥蟲之鳴。

沙漏是怎麼回事？我的上師將詔書撕碎，吞進肚子，然後拍拍隆起的肚皮。它隨即癟下去，沙子從天上撒落。他成就我，我創造他。他就像滿載沙子的駁船行駛在我的河道裡。時間在時間之中，我必須承受沙子的聲音。

合肥

尊敬的李叔：您好！我給您寫信，希望得到您的指導，幫我走出歷史的迷津。您的鄰居的孩子小平。

小平你好：我記得你，那個整天流鼻涕的小胖子。不瞞你說，我現在老眼昏花，不太出門了。歷史，如果指過去，你已經走了出來。誰也無法生活在歷史中；那些歷史上的名字，只是符號，是後來人想像自己變成了他們，在那裡生活。我曾試圖把《羅馬帝國衰亡史》中的部分，用我代替所有的人名，徹底暈眩和絕望，但也得到了意外的啟示：我是眾人，我是龐培、克拉蘇、凱撒、布魯圖、屋大維和安東尼。我征服我，我刺殺我，我繼承我。假設你就是我，你就是他們每一個人，我明白我嗎？我要去吃降壓藥了。你的李叔。

李叔您好：收到這封郵件時，我正在打《王者榮耀》，兒子要用一百塊壓歲錢買我兩個小時。對了，真是巧，他叫吉本，就是《三國演義》裡那個吉太醫吉平。父親給我起名吉平，給我兒子起名吉本，沒想到是一個人。我們現在住在瑤海區，歡迎來玩。小本。

左岸

他們考證過，左岸最早的意思是左拉之岸。酒吧裡，渾濁的氣味滲透到皮教授的脖子裡，他不得不又繫上圍巾，母親傳給他的唯一東西，一條A貨愛馬仕。我當年在隆福大廈當保安，看見他母親優雅憔悴的身影，繫著這條圍巾，坐在角落裡，替老闆看攤兒。熙熙攘攘的人群中，她顯得那麼不一樣。

皮教授說，工業時代的群體是最孤獨的。他約了班上未成年的學生，來見證夜生活的悖論。酒吧保安，一個保定人，把他們攔在了門外，說他們可以去旁邊的驢火店吃個夜宵，等皮教授出來，聞聞他身上的氣味，就足以認識人生的真諦。

為什麼不去左岸的咖啡館呢？他們中有人提議，那樣可以促進師生關係的健康發展。

哪一家呢？地牢的墓穴？還是小橋咖啡？他們是一群遊客，我兒子是其中一員，團費花去了我一半的積蓄。他向我拍胸脯，未來等他賣假畫發了財，連本帶利還給我：「老爸，皮教授講了，仿製是未來。」他一直在收藏塞尚作品的各種複製品。

項城

過了很久，我還是沒有回過味來。他明明是踩著高蹺進場的，我們為什麼聽到他在地下叫喊？

讓我先交代一下背景。我管他叫老普，因為他在帝都生活過多年，天天喝普燕。每天醒來第一件事，是往大瓷缸裡倒兩瓶。刷牙、漱口，就花卷，都用它。「我帶著夢醒來，就像喝醉酒一樣，找不到方向，嘴發乾。不管什麼天，當然夏天最棒，冰涼的普燕落肚，立馬神清氣爽，給個皇帝都不換。當然，後來的事──」

「聽說你的腳出了問題？」

「不是，是腳本出了問題。我和編劇說，多找幾個替身，A是保皇黨，B是騎牆派，C是逍遙派，D是──」

地下的叫喊聲突然停了，我腦海裡的回憶，像黑板上的粉筆字被一下擦去。壓抑的喊聲非常像灰色的海綿。兩個被氣球掛在半空的前朝翰林手忙腳亂，使勁撲騰著，就是叫不出聲。我們大家都躲在旁邊仰頭望著他們，生怕他們的靴子掉下來。銀幕上出現一個玩吊環的人騰空向上。我聞到有人偷偷把胡辣湯帶進了影院。

党家村

一個盲人在爬塔，他的喘息聲如往事的潮水拍打內在的黑暗。（結構有問題，不是塔的建造，是句子的營造學。）他去塔尖修避雷針。

這樣必須回溯到大災之年，一僧一神父，用梵文寫範文，用拉丁文跳拉丁舞。盲人那時只是半盲。他用左眼識別地洞裡各種近親繁殖的狡點和怯懦。某個早晨，他開始自修光電技術，曬在院子裡的最後一隻鞋不見了。腳底受傷，導致他進一步失明。

其實，這個故事發生在二十多年前。當時我失業了，一個人跑到白銀，遇見一個賣盜版書的，神神祕祕地把我拉到一家小賣部裡面。小賣部的老闆是鬥雞眼，見到書販急忙跑出屋子，還把客人轟走了。書販長得像兵馬俑，有種貌似憨厚的表情。他從棉襖裡掏出一張紙，上面布滿點點。我閉上眼睛摸著。我好像聽見了那個喘息聲，聽見了菩提樹下鏡子自己碎裂的聲音，聽見了海水湧入洞穴的聲音。有人在沙子上寫字，蟲子啃噬發黴的紙。我睜開眼，看見牆根下坐滿曬太陽的老人，每個人都很滿足。

新街口

我的任務是把一袋土豆賣給新街口地鐵站進出的每個行人，價格由我定，也可以由顧客定。難的是，每人買一個，每人也只能買一個，但他們之間可以互相買賣。我會讓他們每個人在土豆上按個指紋，我用指紋識別機紀錄，確保沒有人破壞人人平等的原則。

如果天下雨，我就需要在地鐵出口搭個棚子，可以讓買土豆的人排隊時不被雨淋。我的諮詢顧問說，如果我的獎品足夠吸引人，肯定每個人都會買一個，或一定會出現志願者勸沒興趣的人加入。但這個任務還有真實性的要求，買賣必須是真實發生的，假賣實送有悖真實性原則。

顧問還研讀了有關土豆的各種知識，在愛爾蘭土豆饑荒這段歷史上用功最多。在項目籌備階段，我和他整整吃了一個月土豆，每頓都是不一樣的品種。他從電影《鐵皮鼓》裡截取了一個畫面，製成海報，貼在我胸前。他還想去找汪朗先生商量購買他父親畫的馬鈴薯，用在活動現場，我強烈反對，土豆畢竟是一種樸素的食物。

塔林

我在古城的一家小劇院負責打掃衛生，業餘時間研究西貝柳斯的音樂，尤其是晚期作品。我想你能理解我的內心問題。

每次觀眾散場後，我清掃完，都會坐在最後一排，久久不能平靜。和戲沒關係，是平淡的人生把自己帶入黑暗。燈光暗下來，舞臺死寂，我告訴自己，不要衝上去。那不是我的舞臺。這個世界也不是我的舞臺。

那次演完《櫻桃園》，觀眾不停鼓掌，沒有離去的意思。導演不得不撒謊，說他每天與契訶夫對話，但必須有他父親在場。他父親也是醫生，因為歲數大了，不能熬夜，他實在抱歉，要趕回家。觀眾當時還沉浸在戲裡，以為契訶夫還活著。

我用髒兮兮的袖子擦去眼淚，因為我知道導演在撒謊。他父親是獸醫，專門給貓絕育。他成為我們這個小國家的著名導演，僅僅因為他有漂亮的三姐妹。我前妻曾經是名噪一時的頭牌，可是忍受不了這裡的冬天。她現在在尼斯，那麼嬌貴的身子，居然甘願馴獅？我每次想到她，都想馬上辭職，去法國找她。

翠湖

故事像漏風的窗戶，室內無法形成獨立的風景，對話如同牆上沒糊好的畫。

——你還記得我買的那條藕荷色裙子嗎？那天你生日，一起去看《盜夢空間》*。

——風太大，海鷗的翅膀撞在一起，螞蟻被刮進嘴裡。誰的嘴？我忘了。

——你第一次吃爆米花，激動地哭了。其他觀眾要求退票，因為沒帶手帕。你脫下襯衫、褲子，讓我去換上，這樣可以把裙子撕成手帕，發給他們。你光著膀子，穿三角褲，站在椅子上。觀眾都捂住眼睛。你滿身傷疤。

——我嗎？你過來摸摸我的大理石肌膚，冰涼順滑。我讀給你聽逃亡的內心獨白。那是從大平原到邊陲。你聽，快要下雨了。劇本裡寫著，而且會加上注解：塵世的夢固好，我們的家四面臨風。

——電影沒演成。我把你的花格子襯衫剪成一條條，他們用它們蒙住眼睛，挺直坐在位子上。你給每一位催眠。電影院屋頂很高，鴿子在裡面飛來飛去。

——外面風停了？不是我的幻覺？不是兩個糟糕的故事疊在一起？

---

* 　臺譯《全面啟動》。

庫赫莫

我運氣很好，生在芬蘭，又酷愛滑雪。上帝給我最大的禮物是讓我遇見了導師。他是天才，匈牙利人，精通阿拉伯語、中文和我們的芬蘭語。他最自豪的是，世界上只有他一個人能讀懂一個消逝了的撒哈拉部落刻在駱駝骨頭上的文字。我跟他研究咒語。我們的實驗室設在人跡罕至的林邊，密閉性極強，就是擔心咒語洩漏，傷害到其他生命。每當暴風雪降臨，我們站在落地玻璃前，閉上眼睛，念動咒語，內心一片寧靜，如同夏日的湖面。我們看見了渡鴉飛舞。每一隻都聚集了死亡的力量，頂著風雪，爪子勾起，翅膀狂亂地撲騰，像策蘭晚期的詩句。我們睜開眼，牠們果然在那裡，緩緩地從窗前飛過。

「未來北方的河流，如果他對咒語更深入研究，改用意第緒語寫作，他應該能戰勝內心的恐懼。」導師回頭，牆上出現一幅電影海報。「我有一位姓顧的蘇州朋友，喜歡用筆墨消解咒語。他用意念傳來這張〈列寧在1918〉。」此時，渡鴉的影子從海報上掃過，抹去一切。

邯鄲

我決定離開這裡的幾個理由：

1、供銷社老趙每天早晨脖子上掛個自行車內胎出門，
　嘴裡還叼一根煙，明明點著了，可不見變短。我們
　沿馬路牙子蹲成一排，抬頭仰望。我的鞋底薄，腳
　丫子疼。他每次路過我面前，都掏出一把鋼鏰兒*，
　沒完沒了地數上一陣。

2、孫大炮在電視上採訪我的夢中情人。播到一半，因
　為收視率太低，臨時換成了如何防治李樹長蟲的科
　普節目。

3、為了只爭朝夕，一週時間被切成豆腐丁。地上鋪滿
　煤渣，領導拍拍我的五十肩，意味深長地說：「等
　你悟出黑白之道，再來和我討論漲工資的事。不
　過，你送的太湖石概念，近期很難變現，先存在工
　會。下次進修，小吳，你要做好辟穀的準備。」可
　是，我不姓吳！我姓鄭！

4、本屆陳穀子爛芝麻比賽的贊助商王中王調料要求所
　有選手必須姓王。我為了參賽，家裡堆滿了垃圾，
　自己不得不去找酒店住，但沒有一家允許我入住，
　因為我是本地人，而且身上散發著臭味。

---

*　金屬製的小面額硬幣。

天津

我看見黑暗的地方依稀有光明存在，勾勒出輪廓，區分出明暗，透露出交替變幻，凸顯出幽深的部分。我走進光明之地，眼前一片黑暗。

我曾經是河西區票根協會會長，姓金。票根本身是一個有歧義的詞。對看戲的人，票根指的他留著的部分，而不是檢票員收走的部分。買票時，他主動或被動地作出了選擇，幾排幾座，他是記得的。但有時難免糊塗，還是會對著手裡的票根進一步確定。其實，如果大家都對號入座，就像臺上的演員，都有明確固定的走位，票根此時已經失去了價值，除非是為了收藏。但是，如果一齣戲沒有背景，在一個環形劇場演出，情節不斷發生在觀眾席的各個角落，如散點透視，坐在哪裡都一樣，座位號變得沒有意義。據說有些小劇場已經不對號入座，所有的票根都一樣，失去了收藏價值。單憑這點，我們協會認為戲劇藝術在倒退。

電子票普及後，我不再看戲，協會活動也少了。我搬到塘沽，加入了那裡的哲學思想跑龍套協會。

鎮江

不知從何時起，下雨天，再沒人穿膠鞋了。我那雙九成新，一直塞在儲物間的角落裡，像操練很久的士兵，在奔赴前線的途中接到通知，戰爭結束了。

我喜歡閱讀各種報紙。文字枯燥的報導最能激發我胡思亂想。潮濕，侵蝕我們骨髓的潮濕，我問隔壁批發墨水的老駱，是否傷害到他的生意？

那天突然放晴。他瞇縫著眼，掃視行人腳上的鞋，還有地上快曬乾的梧桐葉，對著一群搬家的螞蟻回答我的問題。

我的優點是善於忘事。他前言不搭後語地說了一通。天上應該有片雲遮住日頭，光線暗淡下來，我覺得自己似懂非懂，但已經不重要了。一個龐克打扮的小夥子，下巴歪得厲害，遞給我一張健身房的宣傳單頁。我指指自己的輪椅。他笑了，然後蹲下來，和老駱一起看螞蟻。

後來我同意搬出老街，去未來城那裡繼續批發牙籤。小時候，我曾經在膠鞋裡養過青蛙。我經常夢見穿迷彩服的士兵在熱帶雨林裡匍匐前進，我自己則騎一匹棗紅色的馬，沿著江邊緩緩而行。

三門峽（1）

錯過很多。蚯蚓之眼，蛇，我師傅的兒子問我。我曾經去看三門峽，石頭，抽巴掌。大家不打架。可以換行情。官方的意思是，我們是貧窮的，但是，他拒絕在這裡，一切是假設的布景。

我或許設置了太多的關係。與泥土的關係。把語言放在一邊，但是，一個人是一個錯誤，是一個場景，發生時，他完全不知道。鉛灰色。整體無用功，偏偏有人不關心。我從一部分，轉換成徹底的失敗，而母親對我說，走得時間久了，模糊與清晰可以調包。不設計即是不涉及。

他和她正在看一幅段正渠的畫。顏料被關在門外。誰給起的名字？

回到分解因式。線條與數字糾纏。寫作有一個自動過程，在不被打亂的語句中遇見諸神。我只是睡了一會兒，避免研究舌頭的學科找上門。在構成的關係裡，百家姓的最後部分相當有趣，如同完成即將開始，需要一些陌生的面孔。需要一個三門峽來的人及時打斷我的夢。

伊斯坦堡

我想過很多進入它的方式，都有令人厭倦的成分。比如，從一團霧裡抓取。船行至中流，遊客的手紛紛伸出，它在飄向遠方。截圖。已經晚了。

還是老老實實進行抄襲。字母上下的髮型和尾巴教會我們不同的發音，比做鬼臉還難。船要靠岸。水上的手還在劃拉，還在撤銷水手的身分。假如一座雕像自己走下甲板，議會選舉可以在自助餐前後宣布：他當時比現在的電視還保守。

帝國的遺跡為未來提供不可複製的信息。壁畫純粹是瓷磚的青花藍，路過的雲不約而同地飄到江心島，然後跳水。一次上岸，領頭羊作為祭品。

交替的結果顯而易見。幾百年，它沉淪。這本地圖冊像兩岸一樣展開。向東流淌。在歷史的迷霧中走失的，不僅僅是耐心和製造它的致幻劑。石頭像浪花一樣滾動。一部早期的電影。小男孩胖胖的小臉浮現，然後隱去。

可以進入下一步了。如同一條迷路的狗，一次失敗的航行。

齊齊哈爾

隨時的念，河豚，透過水面，我聽到聲音裡的收音機。
鋒利的光，當初，雪是我們家的覆蓋；後續的到來，
我堵不住。一個梳頭的人，比照下，洗淨手，把鏡子倒
扣。拼命翻字典的片刻，一副撲克沮喪地退進第五套廣
播體操：大家準備好了，如果再堅持一下，某人會得到
幸福。

在艙底，前奏急促。今天，一個朋友查字典，隨便翻到
一頁。當然，不是後半部分，某人落入水。

他在哪裡？他不是已經敗得一塌糊塗？

食堂裡，流浪貓下班了。我戴上棉帽、手套，怎麼也
找不到那條圍巾。字典被撕去一頁，夜的耳朵。廣場
下沉，埋在樹葉下，修理部還亮著燈。裡面不是某人和
某人。他們在馬爾他註冊了達幹爾收帳找人調查服務公
司，至今還沒撈到一根汗毛，只給我打了一張借條。

線索必須等到來年，那顆牙有點鬆動。嫩江的水運載浮
冰，冷風裡，白色哈氣讓那些對口形的群眾放跑心底
的鬼。

字典正式報廢。

廬山

他們來電話時，我正在拆毛衣。大宗柳枝貿易有望南遷，水晶瓶裡的兩枝樣品婀娜出吟詠的姿態。這種疼由來已久，自設藩籬的祠堂與夕陽皆計入生涯的顛沛中。

在一堆亂石中，他們幫我搜尋到一隻手套。另一隻，根據線頭上的齧痕，猜想是松鼠叼走了。上個月，我故意丟在山裡，測試一下自己的記憶。我業餘的每一分鐘都在剔除指向明確的箭頭：是的，我去過那裡，古人也去過，以此證明經驗的累積到此為止。

我忘了交代自己：一個神經質的普通遊客，注意別人，又刻意躲開風景中的眾目睽睽。我借一本翻爛的日記分神。偶爾，現場的講解員從地上撿起一個話頭，把大家帶入一片對歷史的愧疚中。

他們在電話裡繼續分析事情是如何發生的，哪些官員不得不脫下布鞋，打赤腳走上一段，直到遇上我空手歸來。這裡離浮梁不遠，但風中的竹葉，暗合歲月的執念。如此如此。

三聖街

我是一位愛惜羽毛的吃客。比如，我喝小吊梨湯，一定會提前打電話給店裡，讓他們給我留著梨皮。我隨身帶一個盒子，臨走時裝好，回家用吹風機吹乾，第二年埋在後院的菜地裡。

我不輕易出去吃飯。最大的愛好是研究各種包裝盒：材料、形狀和尺寸是否與內容高度一致。我是色盲，幸虧我有一位同母異父的大哥，考慮事情極其周備，閉著眼也能猜出裡面裝的什麼。

「包裝不是賣關子。我一路南下西行，流落在外，不是為了包裝自己。你我有緣，也是不得已的事情。」他說完這番話，回到自己的房間，繼續畫那隻白鷳的標本。一個亮如白晝的夜晚，牠飛落在後院，臥在那株棗樹上，直到樹葉飄零，月光照在牠身上，像古代的賢明君主。

又過了若干年，街道主任來敲門。他瞪著大眼珠，懷裡抱著一大捆信：「要不是我長著翅膀，我還真弄不動這些古老的聯繫方式。」他醬紫色的臉冒著熱氣，背後的翅膀上，插著我從未見過的羽毛。

長汀

門口的小溪太弱了，像一位試圖綁架我們道德意志的大善人。我把金魚養在裡面，牠們居然還會搶食！大不了，我們把看客們轟走，是轟，不是哄。或許哄更有效。我的問題是不敢嘗試。小布爾喬亞們，你們不玩飛刀嗎？嗖嗖嗖，水花飛濺，刀刃彎折，光是進入溫柔的再一次流動。

標語刷在泥牆上。毛病凸顯，像皮膚瘤。我們一步步來，並不是躲避。我曾坐在門前，看牧童破衣爛衫，流著鼻涕，抽打疲憊的老牛。我問他，你會老嗎？他雙目空空，讓我想起那個可憐的書生。他父親讓他上學，並沒讓他造反。我隔溪問道，他指著山峰間的雲霧，搖頭歎息。

我要不要出門？下雨天，幾隻來黃雞擠在屋簷下，草垛像披了斗篷，立在田間。我們無用的生命伴同青苔，慢慢侵蝕了門檻。我承認，幾年省城讀書，把我變成了膚淺的人，一隻暴雨來臨前低飛的蜻蜓。如果我坐船走海路，我會不會錯過一片貧困的風景？懂得如何不說多餘的話？

法蘭克福

記得小時候，爸爸媽媽常常帶著我們家的斑點狗小豆豆去河邊散步，我跟在後面，吹我的泡泡糖。隔壁的沃爾夫岡對爸爸說，你們家兒子前景堪憂，他好像永遠和這個世界隔著一層。

他說的沒錯。在家裡，小點點與爸爸媽媽更親近。我喜歡獨自坐在沙發後面的地毯上，久久凝視著牆紙上的圖案，不哭不鬧，安靜，又神思恍惚。我覺得那些抽象的符號，比各種形狀的糖果還甜蜜。現在回想起來，可能沒有比爬一口井更準確地象徵了我的一生。但自己到底是從井底抓著井壁上冰涼的鐵架緩緩地往上爬？還是抓住潮濕的繩子一點點向下出溜？實在無法分辨。天光晃動如水波，水中雲影幽深如峽谷底的時光沉潛。

沃爾夫岡有兩個女兒，一個後來去了印度，聽說在果阿過著嬉皮士生活；另一個在老城中心的咖啡館當服務員，嫁給了我同學的父親。我每次去喝咖啡，她都會用一塊藍白條紋的手帕蓋住我給的小費，試圖遮蔽我的人生。

新加坡

水打在他肩上。寬大樹葉的時間造成一種假象。我鳧水，他比我強，念著拼音。短期的聲音效果一定管用，但是，我想告訴他們，但是是浮出水面。

我們統統熱愛自己的反面，他最典型。他討厭毛姆。他說，那個娘娘腔。我不記得他抽過煙斗，所有水蒸氣漫過腳面，我祖父一路逃荒，失落了記憶。每一條街都是新築的，每一塊雨後的石頭都映照苦澀。他們當年不懂，他們傳話。一根纜繩。

水手善變，但堅硬。那一天，我坐在樹下，比照手紋和風。每天下兩次雨。港口到處是謠曲，閩南，或自編。我作為缺失的代表，根本無法領略逃難之美。

他確實那麼孱弱。得益於中原與漸南的必然，他在各個小店亮相，以畫像的形式。實際上，他後來的落腳處，是一個小丑都不屑的高處。請律師，如同請條文的劊子手。他們穿著法蘭絨褲子，從鴕鳥那裡借來髮型。

今天，作為今天的殼兒。所指塌陷之日，我把他推倒重來，但並不解決我自己的問題。已然是集裝箱和沉淪。

興隆

親生的蟈蟈和領養的蟈蟈發生爭執。法官是一位斜眼的知了。

——我鎖孔看多了，裡面喝墨水的遊戲是迫不得已。夏日漫長，難免不耐煩，被聲音堵在裡面的感覺，就像一個不停打嗝的被告。

——他大概不小心喝了肥皂水。那個通知在電影開場前取消，而宣告自己到來，你不必學大公雞飛上舞臺打鳴。還是老老實實坐在觀眾席上，等銀幕中間炸開一個洞：歷史上最大一次爆米花！我擔心自己來不及記錄，就徹底昏厥過去。誰去摘一片楊樹葉，有無數小眼的一片，坐在劇院門口尚未完工的臺階上？塵土，在一個巨大白色的腔體裡聚散。對面山體，被修剪成罪犯的腦瓜子。

——田裡面的事搬進財富廣場，狹長的絲瓜。擠在視線裡，他告訴我，聲音是淺層的知識。

好吧，這裡面已經有太多的移情：房間未經粉刷，床單自己呼吸。沙發改造後，更像一個蹩腳的沙發。我賒欠的全部，還有一個低音，這是他們無從知曉的。

——你還給我籠子！你還給我籠子！

安慶

樓道昏暗，但我依然能察覺到四處是眼睛。他走得比我快，不時停下等我。他說東西在閣樓裡。我知道我們最終會見面的，這裡或那裡，所以我不急。

他是我的一個表親，以前從未見過面。我總是能從各種途徑聽說他。時間拖垮了很多人的意志，但他一直在冬泳，每年春節期間去山洞裡住七天；有人說是煉丹，有人說是打坐，還有人說，他在裡面養了一個怪獸，新年伊始，他在洞裡教怪獸識字。正月十五，他家樓下彌漫著濃濃的硫磺味兒，樓下修鞋匠的癩皮狗也出奇地乖巧，偎在主人的腳下，怎麼踢都不走。

後來修鞋匠老了，不再出攤。街上多了兩家賣鞋的。我愛人有一次路過，買了一雙皮鞋。回家後，她在盒子裡發現一張紙條，上面寫著：表哥，我知道你一直在等待。那個東西該物歸原主了。

父親臨終前曾握住我的手，指著東南方向，聲音虛弱，不斷重複「我的」。「什麼？」我貼近他耳朵問。他沒回答，但從我們家族的命運和他所指的方向，我想我猜的沒錯。

公主墳

之後，影像散離。他們在橋洞下等我，帶著匕首。戶口本上明明寫著遊民。我是滿族，看什麼都不順眼。街對面眼鏡店的女老闆竟然呵斥她爺們，更可氣的是，他穿著花襪子，擰著水蛇腰，鑽進一輛房車。燕子刷刷，我回頭，差點沒磕傷額頭。

讓我從頭解釋。我是一匹馬，在潼關戰役中倒下。我沒有死，我的靈魂一直陪伴著主人。他埋在了溪邊的一株柳樹下，來水邊照鏡子的人無一不溺水而亡，直到某個木匠的後代，牽著一頭無頭的馬，手執繩墨，到岸邊飲馬。黃昏如開鑿的歲月，已然太晚。

他們在為永定河引水渠清淤時，挖到我的鐵蹄，右掌的，完好無缺。從工藝上判斷，和他們隨身攜帶的匕首出自同一個時期。我的轉世附在一部電影上，倒帶時，我隱約能認出天地借給勝利者的輪廓，一個山頂的刀鋒，扎進自己。

歐米茄要嗎？小販過來問，並勸我在地鐵口等哲學家出來，耐心地等。準時出現的那一位，一定會修復我的傷口，他說。

索維拉

她一臉倦容，從我手中接過那瓶白瞪羚[*]。從繃緊卻又不帶絲毫警覺的狀態，我有九分把握她一生優渥，童年有充足的水分，家庭財富一直滋育著她，不像那些我熟悉的瞪羚，健美優雅的身體裡面，無處不充滿躲避危險的基因。

「多麼美！」她的英文發音脆亮，像靴子踩在乾爽的積雪上。我在一部北歐電影裡聽見過類似的聲音。我知道她在讚美眼前大風捲起的浪花和水汽。她的生活太平靜了。

「夫人，這是我們當地最好的，產自阿爾甘莊園。阿爾甘就是──」我看見她嘴角輕微一動，即刻恢復到原來的樣子，我把後半句話收了回去，改口道：「當然，和勃根地還是不能──」

「不錯。」她明顯意識到了自己的傲慢有點粗魯。「多麼豐富，大海、山脈、沙漠，原始、古老、神祕，一個人還要什麼？」她知道自己靠近了矯情的邊緣，我注意到她眼睛有些濕潤。

「風真大！」我回頭，望著海灘上奔跑的孩子。我和她如此遙遠，卻彼此吸引，如同月亮和潮汐。

---

[*]　摩洛哥的白葡萄酒品牌。

獻縣

我穿一身牛仔服，一雙粉紅的運動鞋，在文化廣場打發逃課的時間。我爸識字有限，我媽是啞巴。他們告訴我，我們張家出過名人。

問題來了。「我們有誰見過他？」如果純粹從句式結構上說，和「我們有鼻炎嗎？」沒什麼區別。三百里外，漁民失蹤的消息與捕漁網具有同樣的重量。

「你怎麼懂得？」我差點用悟空怎麼影響語言哲學的深度來評估這個問題。

半途中，總是有難看的面色。黃驊，作為很少人知曉的存在繼續存在。總工會會員裡，有一位獸醫，給魚打針，給柏林的合影配上欲望的文字。

這麼簡單嗎？面色難看未必是核心。他根本不懂紀大煙袋*的強項。

火，歸結到最後燃燒的朝代。在小實體面前，問題反轉回來，射箭的突然掉頭，瞄準裁判。你嫌我潦草？我要讓你吃點草根！

那是睡个著時，我收短信。「讓他自裁吧！權益的符號化驗證一點：XX，情感在未知領域更熾熱！」終於是一本薄薄的小冊子。

---

* 　紀曉嵐愛抽煙，因此有此稱號。

大阪

「語言的顯現，無非是影子移過門廊，沒有打擾席子上午睡的短腳貓。」說這話的大叔，捋著並不存在的山羊鬍子。我相信他曾經蓄過，而且頗引起關注。他稱自己是日常現象學家。每次他捏耳垂，總有某些柔軟的聲音撞在鐵絲網上，水滴滑落。但現在是暮秋天，昨天確實下過雨。明天，我將離開這裡，搬去沖繩。我在街頭找到他。他正在推銷包月的手機流量。

「我想錄下我的一生，可以嗎？」一位戴棒球帽的老婦人，拎著一條魚，走到我們兩個中間。她應該是看見了他手裡的宣傳海報。

「當然。您買這個套餐，就可以把聲音存在雲上。您走在街上，無論什麼天氣，頭頂上總會有雲罩著您。您的聲音將永存，如同下面這句俳句：有如吃海豚。我們無從考證誰寫的，但並不影響它時常冒出來。我養過一條金魚，白天游動時閉著眼睛。胡塞爾說，這是現象，與實際的它相反。我知道這個對您有點晦澀。您住在哪裡？我給您送到府上。」老婦人早已走遠，我手裡拎著那條魚。

琉璃廠

那青石板上的幽光，您要是沒在信裡提起，我早忘記了。我們這裡還剩下一個公共澡堂，客人都是我這樣的老頭兒。上週三，我興致不高，沒喝完那壺燒酒，但一盤豬耳朵，同炸花生米一塊嚼，您猜怎麼著？我一夜沒睡，盡回味那嘎嘣脆的時光了。當晚，隔壁老秦頭夢遊，抱住院子當中的槐樹瞎啃一氣，我真想出去安慰安慰他。可是我放不下那突然被喚醒的感覺，像看見自己又年輕了。

老秦頭是誰？和我一樣，以前做過開通書社的夥計。他一輩子單身，都怪他自己。那一年，他大姑從冀縣來找他姑父。天特別熱，老秦頭，那時還是小夥子，帶著他姑媽去了南禮士路。天太熱了，他們走了一大半，就找地方坐下來喝口茶。鬧市口，他後來經常說起，有個算命的。他本來想替他姑媽問一下，沒想到算命先生說，他有大難。算命先生遞他一把刀，然後轉身回屋。這是他最後一次替人算命。老秦頭一下子明白了，自己要為來世修行。對了，您沒見過他。我跟您嘮叨這些幹嘛？

石家莊

我要去找個人。我並不知道他叫什麼、住哪裡，但當他離我五百米時，我就能感知到他的存在。當然，夜深人靜，干擾的因素越少，我越能清晰地看見他的輪廓：中等個，不胖不瘦，背微駝，他最核心的特徵是沒有特徵，但那種平庸感又如此刻骨銘心地通過他的克制和平淡傳遞過來，就像他的夾克衫，半新不舊，他的黑皮鞋乾淨卻不鋥亮。

我在城市的各個角落轉悠，步子不能太快。我從不戴帽子，哪怕是冬天。我剃個小平頭，因為頭髮太長，會滋生很多油脂和頭皮屑，妨礙我接受他的信號。我經常走進華新路的歐凡爾電子煙店，不厭其煩地聽營業員介紹。我不抽煙，但我隱約覺得他是吸電子煙的，或至少他有親戚、同事或朋友吸電子煙。我能從他們身上感受他的存在。因為不知道他的名字、年齡和職業，我無法向他們打聽。我只能默默地等待，祈禱奇蹟出現：他光著頭，戴著天線寶寶的帽子，穿一條三角泳褲，站在冰上，向我揮手：「兄弟，麻煩您把樹上的棉襖遞給我！」

格爾木

昨天，吃晚飯時，繼母又對爸爸說起她的夢：一把巨大的銀勺，中間被水擊穿，整個房頂塌陷下來，落入一片火海。

從她進我們家的第一天起，我就注意到她左手一直彎曲的小拇指。我告訴了同桌小仙女，她回家問了她媽媽大仙女。課間，她把我拉到沒人的角落，讓我先和她拉鉤上吊，保證不告訴別人。

大仙女阿姨姓何，圓圓臉，尖下巴，像一枚桃子。小仙女也姓何，因為她爸爸姓何。據說何家女能開慧眼，看見自己同姓的夫婿在什麼地方等她。何阿姨江西財大畢業後，沒有進稅務局工作，而是白天睡覺，夜裡去象湖觀象。某個朗月清風的夜晚，她終於在平靜的湖水裡看見一片戈壁，後面是雪山。戈壁的中央，竟然開著荷花，每張荷葉上都有一粒碩大的水珠，水珠裡面，有一隻潔白的兔子跳來跳去。她打開手機指南針，根據方位，掐指一算，知道那是格爾木郊區。

「她是來拯救你們家的，代價是你爸爸。他最好出家，實在不行，家裡要養一頭單峰駱駝。」

蕭山

一張紙的衰竭，沒有人拯救。他們照樣划船，吃茴香豆。

店主技校畢業，有一顆文學心。空白到空白，天氣嗎？還是形而上？避雷針廠家找到我：「剛需？我以為是鋼。時間最愚蠢，但絕對是最可靠的檢驗方式。不是剛才，是鋼材！」

我表弟盯著大宗期貨。我幫他洗，有時是錢，有時是情感糾葛。我不能說百分之百他的問題，但至少八十。

蒙田，一個四百多年的智者。我下班，等在路燈下，往往沒有人。樣子如何？飛行如何？難解。

有人去了休士頓，有人休假。

去洛陽？喝驢血？我突然發現，皮膚是承接的實體，金木水火土，與他們無關。作為翻譯，無非是繁育。生孩子，養大，背叛自己。我在布拉格的酒吧裡，認識一位色衰的美人。

「我母親有一個妹妹，特別討厭弗蘭茲。他去我們家介紹學術生涯，太可怕了！他是漿糊！他無法理解顏色。」

可是大家願意相信少數人，少數人願意相信他。結束！

我口吃，我說結結束，如同藥名。要命！

廣州路

我在益康閣足浴門口看見他的背影，像一張過期的海報。這個季節，南昌的天髒兮兮，所有人都縮著肩膀。

他住在我們家樓下。父親以前給某位領導開車，每一次出遠門，都大包小包帶回來各種吃的。很多年前，我還沒出生，他父親從不知什麼地方抱回來六個月大的他。第二年，他父親失蹤了。他母親在好德便利收銀，是我的一個遠房表姑，最喜歡說，上海，就像自己的瘌痢頭兒子。她每天早上去青桐網紅谷接受來自遠方的信號。我母親完全贊同她的觀點，我們廣漢的廣不是廣州的廣，起名字的人，父母年輕時一定在東莞打過工。

寫到這裡，我把自己也搞糊塗了。我是地圖業餘愛好者，和蕭紅是老鄉。我的前任女友做過太子樂的臨促。有一次去公司參觀，回來問我，公司門口的路為啥叫雪花不叫哈啤？我說妳傻啊，雪花就一定是啤酒？她說，你不是說你是地圖專家嗎？這個都不懂，你才傻呢！

我們分手後，我才弄清楚，全國有一萬多條廣州路。

赤坎

大門上方是一個拱窗，半圓的外圈大，每塊玻璃畫一個生肖，剛好十二塊，像展開的扇面。我們樓裡六戶人家各有所養。一樓左邊老牛家貧寒，但極整潔。他們夫妻每天夜裡把撿回來的東西歸置好，入睡前，一定會給籠子裡兩隻小豚鼠蓋好被子，背誦一段經文。

右邊一家很少露面，門上對聯還是十年前貼的，中間的那幅猛虎下山，已經被我兒子塗黑了眼圈。他是北佬，我們，尤其是樓上的老馬，一說起他們，滿嘴不屑：「兔兒爺不開門窗，我照樣能聞到屋裡的騷味。」

其實，老馬身上的騷味更強烈。他每天牽著那頭老羊上樓梯，還要背好多樹葉和雜草回家。他的對門住著龍哥，一臉陰氣。他在鄉下養蛇，賣給附近的幾家餐廳。

我住在三樓左邊，老婆是海南陵水人，在旅行社工作，經常帶客人去老家猴島。我的愛好是鬥雞。每次抱著那隻吐魯番火焰出門，對門的沙皮狗就在門後發出嗚咽的聲音，然後聽見高太太大聲嚷嚷：「死胖子，你個懶豬，還不起床?!」

定福莊

他一直在我耳邊嘀咕。我完全趴在一張愛馬仕餐巾紙上，口水濕透了那輛美洲豹，裡面坐著酋長，笑盈盈地，分明在說：沒關係。版圖裂開之日，是創造和破壞的盛宴；油墨的髒，將永遠留在第一行詩的袖口上。

同時，從黑獅酒吧出來的紳士，彎腰接過黃昏遞過來的圓頂帽。他透過我煙燻的睡意，向一個魁梧的酒鬼點了點頭，以示敬意。紙面的碼頭上，卸貨的駁船徹底沉默，如同彼得·布魯克導演的一幕。

書頁已經折角，上面的文字是飄浮的面紗。我繼續睡。繼續書寫。

禮堂裡，兩個不可比擬的空間：1963年，南洋，一百又一年後，移花接木的高手，用一株黃牛木，向內心恐懼的人展示城市之國。我們將準時，我們將看見後來的石英鐘代替《日晷》。草皮，乃至森林，將是守法的，無可挑剔的乾淨，從不抗稅。

海風裝在一個3D打印的玻璃器皿裡。「萬物在場，空無標記。」教室裡，最後的老師奮力將一把粉筆頭拋擲進未來。

山陰

我的藍布褂髒了。最近下了幾場大雨，河水渾濁，大家無法洗衣裳。有個同窗綽號舊党，看我在屋裡不安地走動，勸我用吐沫擦洗，或乾脆用墨汁在上面畫朵花。我作一深揖，應道：「妙哉妙哉！仁兄仁慈！你我身材如卵生，能否借仁兄的藍布褂穿幾天？」

一聽此言，他頓時跳大腳：「我哪有什麼藍布褂？我這一身，不是衣服，是身分！是信仰！」

窗外，雨越下越大。一群青蛙跳進樓道，樂壞了門房老沈。他光著腳丫，褲腿捲到膝蓋，猛地一跳，想用臉盆扣住牠們。他一邊跳，一邊大叫：「俺的娘呀，要出事了！要出大事了！」那些青蛙，比他腿腳利落。他跳得上氣不接下氣，還是撲了個空。

老沈是開封人，當過兵，曾經在臘月的沼澤地裡野營拉練*一週，凍壞了腳。舊党有個舅舅是縣裡的偏方名醫，告訴老沈，他應該每天啃各種動物的爪子，但青蛙不行，因為水中之青是倒退。舅舅還說，玉之蟲，要拜。你既然離開了綠營，還是躲得遠點為妙。[1]

---

*   指軍隊離開營區，以露營方式進行的一種訓練。

茌平

他遞給我打開的畫冊，翻到第五頁：一灘水，藍偏黑，
夾雜著淡黃銀灰，像路燈映照下，一條狗被一記悶拳
打癟的臉。它徹底失敗了，而且歪著嘴，表示接受。我
抖了抖塑膠雨衣的帽子，他攤開左手，然後右手。空空
如也。拿畫冊的他可能是我的幻覺。我喝了三天的概念
菌，該起作用了。他還穿走了我的上衣，一件顯現並維
持物體邊界的外套。塑膠雨衣比保鮮膜厚不了多少，自
畫像的溫度和濕度暫時不變，但厚度在消失。我變成一
灘水，一幅作品；我瞥見瞬間的自己，然後隱身在他的
兩手空空中。

「你如何被抽象？」遞紙條運動的發起人每天夜裡在
夢裡爬懸梯。一架直升飛機為他停在半空，不斷聚攏的
雲，被飛轉的旋翼和尾翼切開，拋擲。父子兩人一前一
後在彈棉花。一群侏儒撲棱著翅膀，抱住一根皮管子，
給飛機加油。我吊在他下面深谷裡的一根枯枝上，只有
指甲蓋那麼大。他看不清我，但我的叫喊聲清晰傳來。
他一邊爬，一邊思考這個偉大的問題。

蘇黎世

戰爭爆發了，雖然不在我們這裡。我大學畢業後，沒去成威瑪研究歌德，只能在《新蘇黎世報》作一名實習記者。我接到的第一項任務，是跟蹤報導某些物體的變遷軌跡。物體的選擇，是先往字母表上扔飛鏢。我站在三米外，戴著眼罩，聽著內心的鼓點，使勁同時投出五個飛鏢，然後根據它們各自扎中的字母，在字典相應的地方，閉著眼睛，隨意翻到一頁。接下來，我撒骰子。如果這一頁有十五字單詞，我得到的數字是五，而第五個單詞恰好是一個物體，比如雪茄，第一個物體就產生了。

我的實地採訪從老城開始。我在利馬特河邊遇見一個低著頭趕路的小個子。他身上並無雪茄味，但我能感到他殺氣騰騰的狠勁兒。我的侄子，一個研究美國畫家菲利普・加斯頓晚期作品的評論家，在一篇文章中說，一個指間夾兩根雪茄的人，是攪混世界的人。這個精彩的觀點，靈感來自我後來和他聊起的這個男人。物體最終是一個寓言，它不需要存在，它無形地附著在通向深淵的路上。

卡塞爾

手術臺搭建在廣場的正中。鑒於市政的生態環保要求，整個裝置都是用可以再次生長的竹子做的，而捆紮它們的線是牢固的藤條。他們還從荷蘭某座高校引進了無土栽培技術。如果你在人群中看見幾個比周圍高出一頭且無所適從的人，就是專門來負責設備調試的實驗室人員。

第一個上手術臺的病人躺好後，身上蓋著一張黑紙，上面布滿白色的紋路。我身後的漢學家告訴我，那叫拓片，內容是一塊北魏時期的碑文。他彷彿看見我皺一下眉頭，有點尷尬地補充道，北魏是中國古代的一個時期，那個時候中華文明被驅逐到南方，相當於我們的羅馬帝國晚期。

突然，一頭仿真長頸鹿踩著觀眾的頭頂，闖到手術臺前。它戴著口罩，脖子上晃悠著聽診器。它明顯在咀嚼什麼，口罩上不停滴落綠得發黑的口水。有人連忙在拓片上蓋一塊塑膠布，估計是為了防止交叉感染。

「太棒了！兩個古老的文明終於──」漢學家無比激動，眼淚雨水般灌進我的脖子。

乳源

盤腿席地。

數樹葉的叔叔贏得知了的低音，後背對著夕陽，漸漸發涼。

站在岩石上，它晃動雙腿，抱緊它的居民。和居民樓。河流躺下，落葉撫摸，一頭山羊好奇地把頭伸過去。他答應我彈奏一曲。

老闆同意招聘我，因為我會拆數字。比如3，我用它做了兩個牙套，送給他小舅子。他們家到年底，多出十斤大米。以前吃飯時，他小舅子牙縫太大，容易漏糧食。

時間退回去二十年，你沒收到價格補差。你說，還不如用8做兩個呼啦圈，幫助姐夫減肥。客觀酒店生意差，詩意倒是挺濃。他要睡兩張床的要求遭到拒絕，於是擺下一桌主觀，邀請了我、我的右手、我的左耳、我的鈴鐺以及我的先入為主。

南水河方面，坐船的夜格外神奇，在波光上開動推土機。新的圈城運動閃爍霓虹燈，勾走了他姐姐的魂。俯瞰內容的麻雀七七八八理了髮。他對他說，床頭櫃是客，枕頭是客人擺放脫髮的凹陷；至於未來的零，不能計入今天。我的嗓子疼。

西單

我嘗試了多次，想把自己折疊進一張膠片，但它脆滑的
質感讓我十分沮喪。眼看牆上天王鐘的秒針彎曲，時間
越來越偏離我的時間表和意願，我口袋裡的藍小如一粒
鈕扣。

消息傳來，魷魚圈夥計還困在手套中。新鮮的一天，
腥味滲進水泥櫃檯。我撕掉表層，路面打個哈欠。小醬
坊胡同組織了三場討論，分別是關於功能、超音頻和天
花。它們難免交錯，取決於與會者的興奮點。比如，窗
外的槐花落了，我沒掃乾淨，老林家的豆包爪子又抓不
牢。魷魚圈夥計還沒去老林家取《晚報》。他們一個上
半夜讀，一個下半夜讀，從不交流。此處拒絕評論。

從最後一個說起。我翻到一些不明朗的說法，用隱晦
的方式，暗示他來過這裡。但天花板是怎麼回事？我準
備從字典裡剪去一個詞的外延，給豆包的尾巴騰地方。
（見《胡庸金方》，已失傳。）

超音頻：我和豆包交換了一下眼神，決定放棄。瞧，他
們聊得熱火朝大。

老林問豆包啥叫功能？豆包叼走了魷魚圈。

商洛

在假面舞會上，我認識了面具批發商達總。他和每一個舞伴都像是天造地設的一對。他的適他性在白熾燈的照耀下格外刺眼，為他和他的舞伴豎起一道天然屏障。

請起立！站直了！摸你的頭！

驚嘆號是後加的。我採訪了每一位和達總跳過舞的女士，得出結論：在雨水灌溉下，山坡站累了，果樹移植方案還在審批中，正好留出空檔，為集市增加一項娛樂活動。達總是藍田人，作為中印鄉村教師交換項目的成員，在廣州滯留半年，邂逅一位東莞老闆。他當時在麵館裡指導廚師如何下麵，東莞老闆路過，說喜歡聽他說一口不標準的普通話。

快來（來字模糊），坐下！別坐下！

漫遊的日子結束，勞作之書打開，詞語游離在懶惰與精進之間。兩千多年前，智謀的利劍斬斷後世，這裡都是別人的子民，包括達總的夫人和舞伴們。他是我們這裡第一個給夫人正名的，糾正了說書人的意思。我回到編輯部，順手擰緊滴水的龍頭，開始思考一些乾貨。

出去！慢慢出去！

亞維農

直到他們從空氣中再也捏不出水來，指間和掌心酸疼，皮膚刺癢，我還在盪鞦韆。風穿過樹葉，留下只有蟲子讀得懂的絮語。那些騎兵，那些風塵僕僕的商旅，在隆河畔睡著了。

晃悠與暈眩是我們家族的頑疾。雅克醫生在他優雅的診所裡特意為我準備了一張吊床。

「今年的新酒不如去年，」他晃動碩大的腦袋，我心跳加速，真害怕聽見喀嚓一聲。「你有多久沒去主日廚房了？牆壁上的回聲在逐漸消逝，如同你的罪孽。」

我不得不閉上眼睛。手劃過溫柔的水，這世間的塵埃。皮埃爾的母親舉著蠟燭，從永不休止的旋梯上走下來。「雅克！雅克！不要讀那些野蠻人的書。抬起頭來，告訴我皮埃爾在哪裡？」

一張不停下沉的課桌，四角各有一根細麻繩，另一頭繫在懸浮的劍柄上。

「一頭駱駝從東方啟程，一隻鷹撲向西風。」此刻，沙漏的談話中斷，坐在斷橋上的演員在背誦臺詞。

都靈

朱諾是律師，每天打兩次卡：一次是親吻汽車輪胎，一次是吃一個偉恩‧第伯畫中的蛋糕。他說，這是完美組合，平衡味覺，調和未來主義的虛無和日常平庸的甜蜜。他穿收腰的粉紅西服、藍條紋呢子褲、尖頭皮鞋，眼鏡左邊是空框，右邊蒙張黑紙。他兩隻眼睛的視力都奇好，幾乎達到飛行員的標準，但他說，鼻樑上不夾點東西，他就會聞到太多的東西。我就是他有一次一邊拔眉毛，一邊聽布利昂維嘉TS 522時，從一則新聞中嗅到的。據一位叫盧卡的盲人說，他在聖卡洛教堂的柱子上摸到了布萊爾文，那是《神經學入門》的導言。他當時急於背下來，因為他一邊摸，文字一邊變淺，慢慢消失。他隱約感覺到這是即將誕生的巨著。他開始聲嘶力竭地大聲喊叫：有人要毀滅未來的文明！

朱諾律師摀住眼睛，使命吸氣：腐爛的橙子皮、已經揮發了十五分鐘的柴油、廉價的香水、硫磺，迅速溶化在臆想滾燙的冰水裡的我。

太湖

漸變線移過鯨魚的背。一個錯誤，繫繩子的螺絲。魚
的樂隊散裝在鳥的肚子裡，指揮被一群蜜蜂追逐，跑暈
了頭，還是不肯扔掉手裡的指揮棒。書記他爸說，那年
村裡組織出境遊，他的鼾聲壓過定音鼓。他爸是有文化
的，我們現在喝酒用的還是他當年編的劃拳令。

水蜜桃的媽媽又懷孕了，肚皮上長出許多銀魚紋。水
蜜桃每天早上出門，把一桶夢裡洇出來的水，澆在枇杷
樹下，夜裡枝葉間睡滿眨眼睛的貓。書記逐戶發書，要
求每家把讀完的一頁撕下來。我家隔壁住進一個陌生面
孔，書記說，他會把大家撕下來的黏在一起，讓他重新
撕一遍。公平，他補充道，如風平浪靜的湖面，等待一
個嬰兒的誕生。

所以我們期待小賣部的小胖出現在電視裡，穿一身古
裝，執一柄團扇，搖頭晃腦，凌波微步。書記他爸又從
湖裡撈出一出古跡。據考證，我們翻新如舊的水平，已
經高出四周的蘆花。

土門

他轉過身來，看見了我。

他們告誡我，在我們這裡，或早或晚，我們都會在一根大雁的羽毛上分流，歸魔鬼的給魔鬼，歸靈魂的給靈魂。那魔鬼的靈魂呢？他們站在河中央，拉扯那張網。河流消失，草與肩齊，羽毛收集器還在孵化中心，一片蔚藍尚未加深為圖紙。周至人在下面販賣煙草的天空比一頂舊草帽還淡黃。他就站在他身後，你且回頭。

我也看見了你的恐懼，隔著魚缸，像驚飛的鳥。其實，你是他們的一員，山腳下崩塌的石塊，在叫喊中被叫停。清理乾淨，你們來到關中，務農、生娃、謅閑傳*。有人厭倦了，冒險去蜀國，在竹林裡遇見青蟲化作龍。他掉頭就跑，撞倒帝國的秩序。

又過了草繩爛斷的世紀，我們建起簡易樓。見面只是擦肩而過。一隻慌裡慌張的耗子鑽進單隻襪子的樓道，差點被薰死。牠去找鄰居借水，他們給牠看一張分配表：左邊是時間的進項，右邊是月光遺漏的窗口。窗臺上，一排我們忘記的名字，像忘了收的棉鞋。

---

* 　山西、陝西關中、陝南部分地方等處的方言，意思是說閑話、閒聊。

興隆鎮

我未來的父親將因為他的創建進入歷史。

他是色盲，只能辨識三種顏色：白色、灰色和深灰色。
他熱愛閱讀，雖然字跡淺淡。他迷戀幾何和哲學，認為
那是人類純粹的家園。他籌款買下海邊的一塊空地，開
始建造他的理想國。他把每一粒沙子塗成白色，將那些
棕櫚樹壓彎成二十度角，向上生長。他說，無法衝浪的
日子，人們可以在樹幹上玩滑板。雖然樹幹和樹葉在他
眼裡分別是灰色和深灰色，但依照真實不虛的想法，
他希望它們真正是灰色和深灰色的。人們說起它們，不
會再用棕色和綠色之類的詞語。他不知從哪裡得知，廣
西石林有一位神人會施法，讓東西變顏色。神人小時候
非常頑皮，到處破壞東西。神人的父母每天給別人賠禮
道歉，苦不堪言。他們最後不得不把他鎖在一間空屋子
裡。他一邊撕心裂肺地哭叫，一邊撓牆。他的手指破
了，血跡在牆上變成一條蜥蜴，鑽進他的體內。他從此
獲得了神力。我父親說，他夢見過這位神人。他要去請
他，不惜一切代價。

北滘

純粹的抄襲需要純粹的感受力，否則難以徹底。我在抄襲過程中，一半是心慌，一半是無知，遺漏和弄錯了不少。原作的作者，一個包工頭，以無比豪邁的手勢，像趕蒼蠅那樣，把我放過。但一顆煎熬的心不放過自己，命令我一一更正。

1. 「原材料」被省略了。那個來自比哈爾邦的記憶非常原始，如同暴力和貧窮，五花八門，填充了日子凹陷的部分。

2. 金屬的行為表現，不是反應。物質的自身感受，超越人們對它的擠壓、打造和扭曲。我坐在涼茶鋪門口，無法解開自己。

3. 裝置充滿張力，極富戲劇化。我從未進過劇場，也討厭他們誇張的方式（這只是我的猜測），於是我就用了「精美」一詞，來形容一臺幾百噸的衝壓機。

4. 神蹟在屎尿中，看著它，即可見證。任何動作都是多餘的。「以」比「以為」還重，我用力過猛。

5. 那些沒有敲響的聲音迴蕩。我耳鳴，因此背離了原文的玄妙，加了俗氣的「清脆」一詞。

巴塞隆納

破曉時分，走在對角線大街上的你，一定不會錯過月光擊碎的櫥窗，從裡面趁機溜出來的布偶娃娃。年齡稍大的一個，辮子太粗，抬不起頭，只能看見你的鞋面。「我的主人穿過同樣躄腳的鞋，但我的主人不穿襪子，腳是木頭做的，我還能聞到松木的清香。」

空氣裡彌漫著海的氣息，金屬鐵片懸在半空中無聲晃動。你勸我，走累了，不妨先卸下四分之一的執念。我們這裡，爬到人塔頂上的小孩最勇敢，離上帝最近，因為他貪玩兒。

傳說中的永無止境，如同一場神與人的談判。第一班有軌電車從某個窗口俯瞰你的寫信人的紙面上駛出，坐滿了乘客，售票員是一隻可愛的八爪魚，不用擠來擠去，就收走了每個人口袋裡的零錢，車子叮噹作響，寫信人不由自主地吹起口哨。收信人在你的上衣口袋裡嘀咕：我不要黎明，我願沉沉的夜是一場夢裡的紙牌遊戲，國王的劍和王后的盛裝打敗畢加索。

我回到寢室。臺階上，那隻貓終於舔到了鬍鬚上的牛奶。

涼粉橋

我撬開那只醜陋的生蠔時，蠔爺撥通了他爺爺的電話。

——我知道你為了躲我，寧肯永遠離開這裡，但我不會
　　放棄追殺你。你是我背上的瘤，我前行的勢能。海
　　岸線如何漫長，都無法阻擋波浪去了又來，扔上來
　　許多漂流瓶。

——你好！我這裡是采耳體驗館，專門清理方言中的污
　　垢。這個電話號碼嗎？是我們老闆搖號抽獎，得了
　　一件斯圖亞西服，在內兜裡摸到一張紙條。紙條有
　　一股海腥味。他從小在內地長大，從未吃過海鮮。
　　你是誰？

——小姑娘，聽妳的口音是隴南人，妳老闆其實是妳哥
　　哥。我在追殺爺爺的漫長旅程中，經常聽到妳哥哥
　　的聲音。破自行車的捏閘聲，喜鵲躲雨竄進草叢的
　　撲啦啦，一陣涼風從脖領灌入後背，還有我在僑嶺
　　街的雷州美食，聽見他和一個客家人攀談。兩個人
　　是聾子聊天，各說各的。那張桌子只坐了一個人，
　　就是那個雷州人。但我絕對聽見了你哥哥的聲音，
　　就像我十分確定，我爺爺就在我面前，但我永遠看
　　不見他。

翁弗勒爾

鄰座的一位先生穿米色風衣，頭髮和鬍子濃密，手裡捧著打開的速寫本，像一座雕像那樣坐在那裡。保羅襯衫雪白，在他的周圍忙碌，根本不看他。天氣溫和，淡淡的雲停在桅杆上方，讓我想起舊樓裡寂靜幽暗的走廊。我在這裡生活了四十多年，從未見過這位先生，但他和其他遊客完全不同，沒有一顆飄忽不定的靈魂，一陣風，或屋裡傳來的藍調，也拂不動他的衣角。

「先生，你的水。」保羅的聲音微弱，如同拔了氣門芯。我擠出笑容，同時用餘光留心鄰座，不向保羅打聽。所有過去的事情，如同周圍與你無關的一切，你要用餘光去看，這樣才不會影響前進的速度。父親如此教育我。大學畢業後，我回家幫父親釀酒。他過世後，我把酒廠賣給了一個日本人，靠積蓄生活。我每天下午都會來這裡，要一杯濃縮咖啡，再要一杯水，用餘光看著周圍的遊客，打發自己的餘生。保羅是我的弟弟，但他並不知道，正如鄰桌那位先生可能是早期的印象派，但他自己並不知道。

南朗

房間悶熱，鼻尖上的汗滴在化纖地毯上，吊扇有氣無力
地轉動。我把油印的《行動綱領》藏在櫃子下面，開始
起草下一份計劃書。

一隻蒼蠅，不知何時飛了進來，正在兩米寬三米長的屋
子裡亂撞一氣。牠的嗡嗡聲，如同往火上澆油，擾得我
心煩意亂，不斷寫錯字。我赤膊，用汗濕的背心去抽打
牠，但百發百不中。

我從小有偉大的志向。我的四舅，我們縣裡編芒鞋的高
手，去鳳凰山的廟裡給我求了一卦。卦象如何，無人得
知，因為他奔跑著朝我們家來，不小心落水淹死。我父
親去廟裡問方丈，哪想到我四舅離開後，方丈眼皮直打
架，睏得不行。他趕緊誦經，想要驅趕睡意，因執念過
強，跌倒在地，神智不清。父親認為，是我命薄心高，
給親人和高德帶來災禍，於是把我送進藥鋪當學徒。
我在那裡遇見了一位患癔症的男孩，一抽搐，就不停喊
叫「天喪予！天喪予！」我知道他們聽錯了。他喊的是
「甜山芋」。我用甜山芋緩解了他的病，他激發了我內
心的衝動。

第三輯

我和他互為假設

棗莊

我的同桌范宣子勸我做空棗莊。今天是他生日。他白白胖胖，雖然曾經餓過，瘦長的臉像一個奸臣。他實在說不動時，抓衣服上的蝨子吃。劈啪作響，連那個美國女人都心動了。

好吧，說說煤為什麼是黑的。

押韻。坐在第一排的公子小白總有問題。他希望聖人不是神人。三月初，鴨子待在水裡，不肯上岸。岸上的老爺子笑咪咪，啃著香腸。「今年不收學費，你們願意挨罵，請在沂河岸邊排好隊。」

他根本沒說准。後來每一個帝王都為他調表：我們當時如果北上，一定會嚇死在雁門關。時間提前了，季候如魯西南。我不能多說，以免犯俗，沖了贏家的喜氣。輸家無所謂，無非是輸了。

正巧，諸城一位公子熱衷遞條子。其實他不必。他學了海藏先生，然後跳出陝北。

扯遠了。龍年，小龍用盡了一生的狡點。法究竟為何物？神物在水上走？洗淨壞？乾枯枯的，其他可以暫時不議。闕如。地下，將會住滿只有智商的前幾名。

雙榆樹

三年前，學校將我除名，因為我把閱覽室裡的許多書封面換了。我包裡一直裝著裁紙刀和膠水。我把《黃帝內經》的書皮卸下，正文內容黏在《細說Linux基礎知識（第二版）》的封面和封底裡，再把後一本書的內容，貼上《笑傲江湖》的封面。打開《黃帝內經》的同學，會讀到盧卡奇的《歷史與階級意識》。我還在策劃一個新的項目，從《格林童話》（1）、《奇點臨近》（2）、《白鹿原》（3）、《墨子閒詁》（4）、《風吹草木動》（5）和《九型人格》（6）各選兩百五十頁，然後擲骰子，如果第一次骰子數是4，第一頁便是《墨子閒詁》的第一頁，如此類推。但每逢七，或七的倍數，我不擲骰子，而是塞進去日本漫畫、報紙廣告和我自己的日記。這樣就完成了一本兩百多頁的混合作品。我會用切紙刀，將不同大小的頁面，裁成同樣大小，然後為它裝訂上《我的天才女友》的封面。前期工作我已完成，未等我實施，就被室友四眼告發了。

明斯克

我本來是想給你們介紹駱吉斯拉夫，白俄羅斯十九世紀末一位嚴重被低估的詩人。他一生放蕩不羈，吟誦自然和愛情，還有鄉間淳樸的生活。他的「我的憂愁，我的雲雀」，雖然沒成為文學史的一部分，但在民間無人不曉。我容易忘記初旨，寫著寫著就跑題，因為我完全無法辨認他潦草的手稿。

那一天，我收到基輔來信。駱吉斯拉夫的代理人在信中提到白銀時代，我差點笑出聲來。你們還是照看好自己的豬吧。當年的海報都是喜洋洋的面孔，懷裡抱著幸福的小豬。還有肖五，阿曆克塞・托爾斯泰在《消息報》上的評論說：「末樂章的威力無比、振奮人心，令聽眾激動無比，以致全場起立，沉浸在自管弦樂隊徐徐湧出的春風般的歡樂和幸福中……」我又快忘乎所以，把一個隱蔽在歷史深層的理念，拆解成駱吉斯拉夫的個性語言。

他們派了三組人員去尋找駱吉斯拉夫，我參加最西組，在途中遇見一位神父。他說，一邊是立陶宛，另一邊是沒有。你去沒有吧！

全椒

我在另一條路上走著。與我平行的，右邊是我們工作
小組想像的溝渠，左邊是趕集的人。我們其實是語言小
組，由五名工作上失意的人組成：老左，滁河垃圾打撈
員，負責發明葉脈上的篆文；老磊，石匠，但最近喜歡
上了點香，能從煙霧繚繞中認出草書；阿正，中藥店的
職業抄方人；小方，阿正的sole mate，因為他們的腳掌
一模一樣。小方的崗位一直待定，但他已經用腳趾夾筆
創造了顫悠悠的飄書法；至於我嘛，從中學提前退休，
把女兒高考前用的《朗文當代高級英語辭典》拆散，剪
下裡面的單詞，根據聲音的和諧組成新詞。比如，我拼
貼了複合詞semi-same，意思是「半同」。上個星期五
晚上，我們先聚在河邊，每人戴一副手套，欣賞腐爛的
樹葉上典雅的篆字；我問老磊，遠處的炊煙裊裊，是否
是阿正和小方在趕來。他一把將樹葉貼在我的腦門上。
「我聞到了水裡的酸臭，你的一半正趨同於古今，我要
去上香了。」他頭也沒回，踏上滿是爛泥的田埂。

米蘭

木門吱呀響，漆淡黃，在剝落的邊緣，像臉上神奇的光。我們總是在黃昏時出門，我和年邁的妻子凱特琳。她是德國人，來自下巴伐利亞。

我們回過一次帕紹，讓我驚愕的是，她似乎忘記了怎麼說德語；我提醒她我們年輕時一起常去的地方，她一臉茫然。最近，她不知從哪裡翻出一本孫女九歲時的照片，那是布麗吉塔站在一隻開屏的孔雀前，裙子上的圖案是孔雀羽毛。「我從非洲回來，爸爸媽媽非要我展現華麗的一面，小夥伴們一直用這張照片取笑我。」

布麗吉塔後來嫁給了動物園的飼養員。她經常讓那個大鬍子帶我們去看大象澆花、猴子開會和斑馬接吻。我的職業是設計師心理矯正師。我的病人們經常會扭曲現實，追求畸形變態的生活方式。凱特琳能記住每一個病人的怪癖。比如一位高跟鞋設計師，夜裡把耳垂拉得極長，白天捲起來，用夾子夾住。吃晚飯時，凱特琳說，大鬍子告訴她，卷耳是一種中國的植物。可是她忘了，布麗吉塔已經離開我們很多年了。

臨汾

車進站時，我恍惚了。你一把接過我懷裡的大公雞，神祕兮兮地湊過來。「明天這班車晚點了，我沒趕上。你父親抱著你，一直藏在黃昏的褶皺裡。」我身後一個人在自言自語。樹葉彷彿觸電，成批的文字翻捲。大公雞閉上左邊的那隻眼睛。不是左眼，強調精微差別的理論家轉著說話。

我曾經去井邊借水，遇見一個逃兵，長得像一個牌位。他解開領口，露出脖子上一串葫蘆，脖子歪得最風趣的那個肚子發亮，照見我的禿瓢。我並非故意追求語義重複，相反，準時抵達，總能激起我口渴的欲望。

他還是從臺階上跌下去，帶著滿身的怒氣，和賣包袱的下崗相聲演員撞個滿懷。「我可是鄉紳後代，你休想造次。好在我販運戰爭和藥品的資歷，已經說服他們寫進下一本縣誌。過去，在沒有通車的年代，酉時街上，大家一起倒著走路。鼓樓上，一群養雞專業戶跳來跳去，就是不敢俯衝下去。」

早年，我對面坐著一個吃棗的人。火車快進站了。

布魯日

我從布魯塞爾搬到這裡，不是為了考證古荷蘭語裡沼澤和橋從詞根上是否都與水相關。我不是語言學家，我是一名小資情調的批判家，多年來飽受各類媒體的嘲笑，但依舊堅持我的原始風格。簡單說，就是美學上不完美的擁躉[*]。

三年前，布魯日一家新媒體的主編在網上讀到我關於壞畫和壞話的論述，發郵件給我，希望我能寫一篇文章，評論一位當代美國女畫家的裝飾風格。畫家的名字，他說，暫時不方便透露給我。他將邀請我在畫廊裡住一週，仔細觀察她近十年的創作，然後用我不留情面的文字，向他的讀者發起攻擊。當然，我可以順便奚落一番他的審美情趣。

我是下午三點來到畫廊的，陽光滿滿地占據著沒有遮蔽的地方。安東尼主編白淨的臉蓄著山羊鬍子，讓我想起那位著名的畫家。我們直奔主題，先草草瀏覽了三間屋子的作品，從布藝拼貼、綜合材料、丙烯塗鴉到越來越甜美小巧的室內風景。我告訴安東尼，我決定搬來一年，做一本目錄，把蛋糕摔個稀巴爛。

---

[*]　堅定的擁護者、支持者，意同「粉絲（fans）」。

連州

「柏林很迷人！」她側過臉去，有點贅肉的面頰因蒼白
顯得微胖。

「可不是？博物館島、史普雷河、頹廢的夜——」我特
意壓低聲音。十二月，粵北已有涼意，天色尚未透澈，
像正調焦的鏡頭。我和她隔著一層已知卻未知的遺憾。

「抱歉，我是指以賽亞。他比羅素還迷人。」她好像在
說兩位鄰居。剝落的牆體，三角梅。我腦子裡迅速回放
她上次的發言。

我是她父親的學生，貪戀一口小酒和時光不經意地從字
面上滑落。我的二手經驗都來自於文化館下午空空蕩蕩
的閱讀。

「你遊記讀多了。有些書，像某些照片，永遠不會有
皺紋。多麼可怕啊！你看，那個北佬蹲都蹲不下去！
何必呢？」我和她一年見兩三次面，而且都是路上不期
而遇。我老師退休後，去東山路跟師傅學習修錶。「你
知道『日月逝矣，歲不我與』說的是什麼？不是無力感
歎，是老而彌堅。」他已經修壞了好幾塊錶，我的表弟，
也是我老師的師傅，每次喝酒，都讓我賠償他的損失。

地壇（1）

溫柔或殘忍，都是解開。木刻的樹葉。燃燒，或者。我只是敲鐘人，其餘的歸風火師管。他當然會問，何進何出？出？還是先處吧。我們何時解決了處的問題？

這裡畢竟不同，從角樓，從兩排樹的注視下，我每天來完成自己的作業。賣糖葫蘆的老鄭，去年喪偶，幸虧有人給女朋友買了糖葫蘆，滿臉笑容。我送他鈴鐺，我說，我老了，你搖搖，在玻璃般亮的風中，多討喜！

終於是掃地僧走了，麻雀與野貓對視。如果換一天，我在臥室裡擺一張餐桌，因為我只有臥室。

再說解毒，鴨腳綠，馮養吾。愛情是一部兵書？桐鄉不是桐城，一譴一板眼。怎麼說？或許的錯，是落實的座。讓他們先上果盤，再上羅盤，最後上大盤，不是雞。我敲鐘，他們敲貓。

中軸路往東，是我未醒時溜達的河沿兒。走著走著，自然進入夜遊人的歌。老鄭說，當家的走後，我每天落枕。我說，你坐穩了，我騎車帶你去荒蕪的祭壇撒野。多喝點水！

九江

我晨練的地方有一座塔。塔祭他，塔即他。我在同文中
學讀書時，班主任喜歡教我們繞口令。他愛人在刮旋風
的那天，上陽臺收衣服，再也沒有回來。警察搜查了樓
上樓下所有住戶，包括井蓋底下，樹洞裡（後來樹洞咖
啡的老闆在樹幹上貼了聲明：來我們這裡喝咖啡的，會
獲得另一個自我；消失是語義上的，絕對不可能成為自
證的命題），一無所獲，最後甚至開始懷疑他是否結過
婚。他指著床頭上面的照片問警察：「你看見我倆身後
的那條狗嗎？每一張照片裡面都有一條狗。」

警察，一個用膠布遮蓋胎記的小生，發現我在門口朝
他使勁擺手，假裝有歉意地說：「麻煩您不要提那個動
物。我們會盡一切努力，幫您找回鴿子。」

鴿子？我長期生活在班主任的語言陰影下。他下課時會
對著操場說：從維根斯坦開始，我們只能住在紙上。紙
上生活非常愉快，但就是太輕薄了。只有喝完一碗海帶
排骨湯，我才敢去路邊消食，讓自己去接受，並成為自
己已經是的那種東西。

穆爾瑙

我在湖邊搭建的房子使用了各種材料。地基是一張年表，列出以下重要事件：

1840年，維也納的《外套》。
1909年，科特繆勒街上，加布裡埃爾和天才的瓦西里入住。
1924年，《最後的人》到了美國，變成《最後的笑》。
1933年，果戈里的頭骨和幽靈火車。
2015年，穆爾瑙（通常譯成茂瑙，就是穆爾瑙，他曾生活在這裡，並改了姓）導演的頭骨被盜。

我進過客廳時，被幾個音符纏住了。施塔費爾湖皺了下眉頭，野鴨飛過幾何圖案。是拆掉紙房子的時候了！

叮咚叮咚，不是門鈴，是系統提醒我新郵件，真實的報價下面血跡斑斑。

奈米技術，新材料，比如空氣流和微晶。最近來了一批遊客，提出要租我的概念屋，給他們圖紙就行。剩下的是禮花帳篷和煙消雲散。

房頂流動。一隻鵝咬住我的褲腿：你可知道？露水餵了一宿的電影，是無聲的。龍骨完整，故事埋在抽象畫中。漸向平面的藍山。

和縣

先找到一片窪地，從低音處辦齊我們進場的手續：艾草，胳肢窩的跳蚤，大黃牙和母性的陰翳。你取下茶色鏡片，摳了摳眼屎，吐出一口痰。不堪濕寒，但仍然有跟來的人，沒有一個不是我勸阻失敗的。「鋤頭，驢糞蛋，難看的臉色全是我們的過錯。」夜真的黑了，在我們周圍。

狗蛋他媽，扭動兩坨屁股，爬上馬尾松。

是非之相，一碗釅茶自然聊到深夜最中心處。我用鋤頭刨出一個坑，瓦礫、黏土、根鬚、蚯蚓的屍體——給這一切讓位的，是一堆廢物。《廢品的重啟》，我的論辯主題是，我們什麼也不做，我們就成了。

到了皂角和蝸牛。黏黏糊糊，在村莊的覆蓋下，狗蛋茁壯成長，會做豆腐，會娶媳婦。他媽還在樹上數數，眼都花了，一針針，閃爍銀光。被子的窟窿比鍋大，需等她下樹來，慢慢縫補。

這一切都在暗中發生。我們縣裡，認字又會讀譜的砍不到好柴。鍋裡熬的，一如樹上忙乎的，統統是一次性的。豆腐甩出去，沒跑遠。

斯喬爾登

第一封信裡面是空的，信封上沒寫收信人的名字，而是寫著三天後的日期，信是從英國劍橋寄出的，地址字跡潦草，寫字人心不在焉。我在信封背面看到一些痕跡，印證了我的猜測。這個寄信人想破解密碼，卻把自己變成了密碼。

第二封是他在船上寫的，抱怨天氣和自己的怯懦。「工作艱難，卻是值得的。我知道，只要我不開始，一切都無從開始。」我記得他寫過這樣的話，但我最近經常失眠，容易把牧師說的話和他信裡的內容搞混。我需要喝點阿夸維特*，活躍一下記憶。

等等，我聽見木匠的咳嗽聲。婆娘死後，他心情一直不好。我怎麼講笑話給他聽，他都愁眉不展。「笑話不夠嚴肅時，本身就是個笑話。」他冷不防冒出這一句，差點嗆到我。我想他並沒有搞懂他的雇主在說什麼。當然，我也只明白大概六成。有一次，他拿著圖紙，讓我找人幫他在山坡上建一座房子。「英國太熱了，也太熱鬧了。」這個是他和我說的，但我敢打賭，他不會對木匠說同樣的話。

---

* 一種主要生產於斯堪地那維亞地區的加味蒸餾酒，酒精濃度一般為40%，主原料與伏特加相近。

平頂山

十五歲那年，城裡來了一個外地人。有人看見他三條胳膊，在丹尼斯百貨前表演雜耍。每個從他面前走過的人，口袋裡的東西都不翼而飛。他不停地揮舞三條胳膊，像三張網，捕撈住不停落下的東西：鑰匙、錢包、口紅、水果刀，無一不落入他手中。然後，這當然是後來的事，它們原封不動地出現在失主的家裡。從慌張到驚喜，市民們覺得日子有趣多了。他們紛紛寫信給報社，要求政府授予外地人榮譽市民的稱號。

我住在礦工路，因忙於準備中考，沒去看外地人表演。不過，每天晚飯時，父親都會繪聲繪色地講述又發生了什麼。「我們局裡的一位科長，居然在口袋裡裝著公章。」「然後呢？」母親似乎比父親還好奇。「他買了一面錦旗，送給外地人。」我滿腦子是複習題，根本沒心思聽他們聊這些。大約兩個月後，父親回來說，那個外地人累得病倒了，住進第一人民醫院，你說奇怪嗎？他當晚失蹤了。

然後，再也沒有聽誰說起這件事，彷彿從未發生過。

里斯本

窗外，捉鳥人一蹦一跳，唱著歌謠。他穿著五彩衣，耳朵比我們大幾圈。我想到E.T.，想到芭蕉葉。

「你太弱智了！」藍知更鳥飛出童話，印花的底子。

我畢業後，醫院病人少，沒有空缺。一所幼兒疾病診所新開業，錄取了我。卡埃羅大夫請我喝咖啡。他最近一直被窗外的鳥鳴困擾，給病人診斷時，嘴裡吹著口哨。

其實，我的繼父是北非的鷹。我不知道親生父親是誰。母親除了皮膚黝黑，一切都是潔白的。她抱著我去了直布羅陀，學會了英語，認識了南邊飛來的鷹。我們家沒有房頂，在屋裡搭了帳篷。繼父飛來飛去。

我午睡時迷上了《魔笛》。母親後來在歌劇院整理道具，認識一個鳥類愛好者。他研究了我繼父的爪子、嘴和翅膀下的溫度，告訴我母親，我繼父在一次雷擊後，喪失了百分之八十的聽力。

直到今大，我也無法理解母親對繼父的愛。我曾經出走過三次，每次都是繼父準確地將我定位。

「辨認沙子，辨認音符。」母親說。

安新

「哧啦」一聲，水濺我一臉。觀看，尤其是俯瞰流動變幻的湖面是可怕的。

「是一條魚嗎？」

從水的形狀，從暈眩的熱量發散，內部外化尚在漸暗的快艇上。我想解釋自己，卻不知對面的他是否準備好聽我解釋。「或許這是最佳清淤時刻，一層層，但不是所有，將積壓的泥土與可能的種子分開。」他折了一根葦子，用它抽打浪花。

我和他互為假設：當年，一躍入水的他摸到我遺失的目光。「我們好好測量一下生命在水裡的變量。」畢竟剛從漏水的中學畢業，搭乘我二姨夫的手扶拖拉機回家，耳朵顛得癢癢。

「你有沒有在書包裡養過螞蚱？牠們死後，乾枯的屍體戳破課外書。課本全還給老師了，他家的旁邊剛好是廢品收購站。我省下幾枚雞子錢，買了本《惡之花》，『——另外一些，腐朽、豐富、得意揚揚，』我們為何要回到湖面上？」

四處彌漫開來的天涼，我們在自己的皮膚下和體溫裡睡著了。

壽光

倭瓜[*]拍賣會上，我差點失控，哇哇大哭。紅臉膛的賈先生，一部美髯，神情自若，用犀利的眼光切開超一號倭瓜。

「其來有自！其來有自！」他兩手攤開，倭瓜裡一片金光，魚蝦跳躍，注水的兒童連忙給父親發短信，要求買彩筆，色彩的幅度必須覆蓋各種卷心菜和芥藍。植物的時間，動物的時間，不過，也可以是動植物的時間，在不長草的植物園。

百貨大樓壓上市中心的橫杠，「哇！這麼無釐頭！」廣東人入侵，我們的口水指數上升。打邊爐旁邊，先是兒歌表演賽，然後撤掉椅子、梯子、牆體，和關於老賈的神話。我對他的解讀如同羽毛。雞毛撢子，大家不知可否，除非他們希冀翅膀，翅膀出現在樹上，統統掛著。

不可能的幾何題，於是，我的口形學在申請非遺的路上又進了一步。「尚無倭瓜。尚無倭瓜。」我發現家屬區突然冒出許多標語。我鑽進一個樓道，偷走燈泡。我把所有偷來的燈泡用豇豆繫好，晾起來。這次我及格了。

---

[*]　葫蘆科南瓜屬的植物。因產地叫法各異，又名麥瓜、番瓜、南瓜、金冬瓜等，原產於北美洲。

雙城

他把兩隻手分別伸進紅氣球和藍氣球，氣球沒爆，也沒漏氣憋掉。透過薄薄的膜，隱約看見他的手在裡面張開握緊。三月初的北方，他光著腳，褲腳短，裸露腳踝。廣場的地面冰涼，鴿子咕嚕咕嚕的叫聲裡夾雜他磨牙的聲音。

鴿子圍成一圈，停在半空，一枚靜幀。鴿子是他花錢請來的觀眾。

他是我失散多年的孿生弟弟，比我小一歲，戶口本上是這麼寫的。小時候，他矮我一截，總是跟在我屁股後面，幫我算帳，出主意。有一次，我撿到兩塊錢，拉著他一起去玩打氣球遊戲。我一槍未中，他彈不虛發，氣得我用槍托使勁砸向他的後背，他躲閃不及，撞向牆上的氣球。沒想到氣球沒爆炸，弟弟不見了。我哭著求老闆把那只黃氣球摘下來放氣，但他神祕地笑笑，往黃氣球上一靠，也不見了。我嚇得暈了過去。等我從醫院出來時，已經過去了三十年。父母因為悲傷，移民去了清邁。我用他們留給我的積蓄，什麼也不做，天天畫氣球。畫好一只，飛走一只，我兩手依舊空空。

阿哈爾齊赫

進屋時，比賽已經開始。「嗨，遲到者！」他們頭也不抬，和我打招呼。我的名字就叫「遲到者」，遲到者在我們這裡有一種特殊含義，大概是表示在一個錯誤的時間裡做著已經發生不必再做的事情。好比牛奶流到地上，你往自己的腦門上貼發光的句子：不要在深夜裡喝牛奶！

約瑟夫在檯球桌的正中放了一只盛滿紅酒的大號酒杯，擊出的球必須繞過它，而且杯中酒不能溢出一滴。拉夫四兄弟穿著芭蕾舞鞋，分別立在桌子的四個角上，一刻不停地互相扔飛刀玩兒。屋子裡，硫磺般的濃霧浮在綠瑩瑩的幽光裡。背景音樂混合了印度耍蛇和蘇格蘭的風笛。我從口袋裡掏出髒兮兮的小本子，翻到塗黑的一頁。「遲到者，你猜他能把那枚藍球打進昨天嗎？」拉夫四兄弟齊聲問道。

他們的父親茲維亞德一個人在牆角拿大頂，嘴裡含三顆紅球，但還能吹出催眠的口哨聲。「約瑟夫，你這個冒牌貨！」我穿過飛刀，躍進酒杯。教堂的鐘聲撞碎夜色，落在屋頂上。

漠河

即使燭光昏黃，那塊40x60的冰依舊晶瑩剔透。二狗裸著上身，抱它進來：「啊呀媽呀，老燙了！」二狗又叫火娃，是我們家哈皮狗心中的偶像。雖然牠不會說話，但從牠突然睜大眼睛的表情，我能猜出八九分。

冰塊放在了炕桌上。經過這些年生活改善，我家的炕桌已經上升到自動麻將桌水平，我們的文明也從賭瓜子進化到賭瓜子皮。

但今天我禁賭。我讓二狗抱走哈皮狗：「別凍著牠！你家有魚肝油吧？」

我關好門，把裝著手術刀的文具盒放在面前，盤腿而坐，與凍在冰塊裡的魚開始交談。

我想我認識這條魚：牠瞳孔裡的彩虹，牠嘴上掛著母親的戒指。父親去世後，我沒事就去江邊遛狗。一個特別明亮的下午，一陣鞭炮亂炸後，十來個遊客穿著緊身衣，正在四下張望，等人幫他們合影。我舉起Vivo時，看見一條魚，身披彩虹，躍出江面。回到家中，我發現文具盒裡的戒指不見了。二狗說：「這屁大點兒的地方，丟不了。」一切都會回來。父親說過。

建水

登上山頂，雲降落。部分化成一股清溪，泛著綢緞的光。
我曾經丟失過一條信息，形式華麗，內容珍貴，但具體是
什麼，如果我不去想它，或許會浮現在記憶的深谷。

「他退休前，每天下班後，先來老街上考察自己未來的
形象：哪一片屋簷下，影子會如何蜷起，以及往事從什
麼風的袖口，輕叩誰家的窗戶。工作在一張表格裡，填
字遊戲般有趣又撓頭。天熱了，穿單衫的人三三兩兩，
並不孤單。」

我為什麼要對你絮叨這些？絲毫無助於矯正失誤。週末
我們去爬山，根本不是為了找回什麼。我準備了一杯冷
泡茶，兩根不同顏色的鞋帶。橫豎都不會撤捬，我覺得
可以用牙籤搭出以上全文。當然，標點符號統統省略。
任何遺漏，都有可能成為我返回自己未來的一個缺口。

老先生，你已經用光了整個餐廳的牙籤，現在可以點菜了
嗎？山頂飯店的何老闆問。他居然穿一條拖地的喇叭褲。

你看那些羊，一隻，兩隻，三隻，四隻。我想起來了，
我的八十年代。

華沙

我接到一項新任務，夜裡去博物館擦洗市長的盔甲。
市長是即將上映的一部恐怖片所期待的驚叫聲，臉削得
鋒利，滿身披掛金屬。導演在做後期效果時，走錯了房
間，進到一個地窖，在牆上發現一面凹陷的鏡子。他看
見了自己的肋骨，有一段是用子彈殼做的；乳白色的液
體在血管裡蠕動，肺葉像烤糊的麵包。他甚至看見視網
膜上印著許多數字：他的生日，他正在創作的一部數字
小說，我的帳號以及我擦洗盔甲應得的可憐報酬。導演
必須為這副盔甲匹配一位市長。

一個雨後的傍晚，做舊的天空擁抱著維斯瓦河。我坐著
有軌電車，掏空一天的事件和思緒，聽窗外流動的腳步
聲。電線上迸出火花，空中相應地隱去幾顆星星。我在
檔案館工作，每天夜裡都做同一個夢：一匹流淚的馬，
瘦弱的脊背上騎著一個手握權杖的國王。他頭髮豎起，
一根根燃燒的蠟燭。權杖也是一根長長的蠟燭，兩頭燃
燒；他舉起另一隻手，手指都是燃燒的蠟燭。我醒來，
又是一個停電的日子。

宣城

書

正面和假面：我的假期是在正面度過的。我的假面，是
雪花飛舞，風吹開沒有關嚴的窗戶。豆腐巷的按摩師摘
掉墨鏡。有多少年與翩翩少年擦肩而過？

木魚

看面相，是無相。我支好三腳架。近水處，又種了一
排矮樹，每隔兩棵，安一個青蛙張嘴的垃圾桶。綜合評
分，有水必有木，收集聲音的空盒子，溢出一些假像。
馬戲表演得頭彩的是那頭幼象，站起來，向空無一人的
觀眾席合十致謝。

消夜的紙餛飩

食指與中指輕輕一夾。其間文字跳脫，油燈已然無法
永明。再三年，剩屋子當中的一張桌子。我擺照片的地
方，曾經是一只有缺口的碗。並不妨礙閉目養神。文字
怎麼會是線頭？熱氣彌漫，你端著有缺口的碗，敬自己
可憐的內心。

呈扇面的城

昨日今日，多出的只是感覺。新舊更替，無非是文字覆蓋
文字。這是關於後來的第一篇。小沙彌來收拾筆墨，聽見
雞叫。「師傅保佑！菩薩保佑！」離城裡還有九里地。

海口

我的朋友戴先生從冰島回來，興沖沖地在電話裡說：
「太酷了！你猜猜我帶回來了什麼？打死你也想不
到。」

他邁進苦逼咖啡館時，所有人都驚呆了。外面白晃晃的
一片光，影子也被打懵了。戴先生戴著棉帽子，上身用
亮燦燦的羽絨服裹緊，下面是大花褲衩和人字拖。「你
摸摸我的手！」他一坐下，就迫不及待地伸過手來，一
股寒氣如藥劑注射，直接進入我的皮下組織。

「我在艾雅法拉冰蓋找到了史前的元氣。」

「艾雅什麼？慢點說！」我發現他根本沒聽見，他的耳
朵縮小了，像兩個肉球。

「不是凍的，是因為我得了元氣，上身會保持低溫，心
跳放緩。我能聽見十二赫茲的聲音，耳朵萎縮，是保護
我不受噪音的傷害。你知道，冰島有一種宇宙的寂寥。
人為的意義，哪怕不讀出聲，文字也會散發毒素，一種
聲學毒素。文字越主觀，越抒情，毒素越強。你的臉色
好可怕！旅行是快樂的事情，何來痛苦？」

他怎麼知道我昨天讀什麼書？杯子裡，黑冰在尖叫。

昌平

起初，我只是呵呵，沒把你的話當真。一個不得志的公務員吹噓自己有特異功能，我在酒桌上見識過不少。最邪乎的是一個郵局裡的小科長說，他能用鼻子嗅出每封信裡寫信人的星座。你沒有那麼誇張。三兩牛二後，你臉色愈發白嫩，瞇縫著眼，問我：「闖王是單眼皮還是雙眼皮？」

當天夜裡，經過西關環島時，代駕師傅說，每次他左眼跳，就是紅燈；右眼跳，就是綠燈，因為紅雙綠單。我借著月光和路燈，看見李自成雕像背後坐著一個人。「我猜你一定能不下車就爬上去。喝點酒，什麼都可能發生，是吧？單眼皮？雙眼皮？」師傅呵呵笑著。

路過象房村時，我睡著了。你幫我解開領帶，把畫好的蘿蔔，塞進兔子嘴裡。「你知道，就算是抽象的小動物，餓久了也不行。」

風停了。一輛透明的火車與我平行，緩緩穿過午夜。你已經從我的雪鐵龍，換乘到綠皮火車上。你正在幫幾隻兔子算命，你朝我眨眨眼，我的座位上到處是蘿蔔纓。

咸陽

在想好如何處理掉那些垃圾前，我要把盒子裡的概念倒空。它們刻在我從各個河灘撿回來的石頭上，非常重。「主要是因為咬不動。」隔壁老彭來我家領走鴕鳥時說。他是飛行員，每次執行任務外出，就把鴕鳥寄養在我家的陽臺上。牠喜歡伸長脖子，呆呆地看著樓下街道上的車流。路口紅燈一亮，牠的右腳就會不由自主地抬起又落下，彷彿在踩剎車。

老彭說，這隻鴕鳥前世也是飛行員，視力極好。牠通過一種神祕的方式，把迅速駛過的車裡發生的怪事告訴主人。比如，有一位司機在副駕駛座位上鋪滿桑葉，養了拇指粗的九條蠶。這些蠶通體發光，像螢光棒。牠們蠕動，彷彿是音樂會現場。還有人開車時，頭上頂著大魚缸，裡面有一條身上刻字的金龍魚[*]。奇怪的是，警察根本不管，裝著沒看見。

「他們在釣魚執法。真是小兒科。看看我們子牙老師，直接找個替身，在河邊直鉤釣魚。以直接的方式入世，比彎彎繞高明。」鴕鳥回頭，鄙視地剜了我們一眼。

---

[*]　又稱亞洲龍魚，香港人稱之為龍吐珠。新加坡、香港等華人群將其作為高級觀賞魚，認為牠們能帶來好運和財富。

馬拉加

你說夢見了天井，一把藍色的椅子，自己在剝橘子。

此刻，你已經剝開橘子，我們倆坐在歲末的天井裡，藍色的椅子托著你有點富態的身體。就像有一次，你指著雜誌上自己的照片，問我：「好奇怪，這個人怎麼也叫恩里克？」

恩里克，其實就是你，是安達魯西亞近二十年來最出名的繪畫處理專家。「繪畫已死！」在無數個深夜，我幫你拎著顯影液，穿過大街小巷。「假設空氣是時間的膠片，我們必須尋找它隱去的面容。」你一邊氣喘吁吁地抒情，一邊兩手在空氣裡亂抓。

「恩里克，你還記得那個牙齒矯正師巴勃羅嗎？」我忘了說，我也叫恩里克。我們朋友中，至少有五十個叫恩里克的。「他其實是一個材料專家。他有一個後藝術理論，大概意思是，我們活著，只能思考死亡，思考生命是同語反覆。沒有比用藝術創造藝術更荒謬的事情了。他給我裝了三顆烤瓷的牙，還打了個大折。」

我注意到你的手在顫抖，你似乎不敢去咬那幾瓣在空氣中慢慢解體的橘子。

布魯塞爾

銀行的樓歪了。不過，對一個走錯路的人來說，數字的正負，堪比他父母的倫理。純邏輯的。請不要誤會。我把提示板放在每一個路口，我一跳再跳。實在沒意思。一個吹小號的侏儒申請換一把蓋住他臉龐的。臉龐，努勁兒，鼓鼓的腮，我在法語和荷蘭語間掙扎。我妻子陷在德語裡。

加油站亮著燈，一隻青蛙在岑寂的地面上增強腿力，一會兒後備箱，一會兒前燈上面。只有那輛行長開的帕傑羅在這裡停了一週。他們說他可能進入了一片無人之地。

如果要分析，歌劇演出非常華麗。一層疊一層，色彩必須隔開，石榴的紅不是激情，也不是這個城市的腦力。我請行長的岳父演奏孟德爾頌，他戰戰兢兢取出一盒巧克力，裡面有小提琴、中提琴、大提琴和鋼琴，還有金色的小號和長笛，黑色的巴松管和指揮棒。盒子上印著：甜蜜和悅耳將消除語言分歧，但數字，感謝阿拉伯人！

夾心餅乾的週末，門鈴聲在清冷的街道上，如水潑出。

里昂

我們這個地下組織沒有領袖，但確保每一屆有一位裁
縫，不管他走到哪裡，肩上都搭著皮尺。

街上來了一群吵鬧的人，節奏起見，我在那裡預埋了
鼓，樹枝上繫好繩子，掛著羅蘭鼓槌，哪怕是廚房裡
打下手的布隆迪人，趁抽煙功夫，也可以敲幾下，喊
幾聲。

你和雞叫一樣加入了爭吵。一次再創作，黃油、鹽，聲
音照樣可以齁嗓子，有損榮譽和潔白的帽子。我在拆解
他們的語義分歧時，忘了高湯。不過，有人及時送來了
架子鼓。雞架子，鴨架子。

我們是自我滑稽的一組，尤其這一屆，會議還沒舉行，
決議先起草好。你見過戴貝雷帽的貝類？根據朗·錢尼
的生前提議（餘生也晚，在大教堂燃燒那個夜晚，時間
倒退了，鋼管與群眾，噴水中，鐘聲搖盪），我在決議
中讀到，醜與美，在天國裡劃等號。維庸，又名熱內，
在組織交流中不愛發言，但與密特朗同名。你猜到了
嗎？我們的一個招募裁縫為他定製了燕尾服，但春天沒
有來。

濰坊

那些廉價的想法在購物籃裡，我其實已經認出你。每天
下午，彷彿下午是一個可以隨意重複的數，比如五、負
五。今天的價目表是循環播放，我從萬達廣場出來，在
自身裡面轉個暈圈，不得不坐下來歇歇。意志削皮，賣
軍艦的俄羅斯商人買了假頭套，還沒賺回本錢。為了記
帳，他還請了一頭處女座的山羊先考會計證，然後幫他
熟悉中國大寫的數字。那個貳，那個貳，欲錯，遇挫。
錯誤並不比正確容易。

報告被刪除的部分：引進鴿子的其餘品種，或者引進孔
雀，為布藝城增添討價還價的氣氛或慶祝成交的表演。
打掃衛生時，我在垃圾筒裡撿到一個硬皮本子，裡面密
密麻麻，寫滿歪歪扭扭的字，仔細辨認，發現是我信裡
的一些字句。可那些寫給自己的信，寫完即焚，怎麼可
能有人知道？我沒有驚慌，因為我是一個懷疑論者，只
有相信才會使人不知所措。我回家對著鏡子，問自己。
我的鏡像反問我：「難道世界上沒有和你想法一樣的
人？」可不是，太多了。

鐵嶺

那幾年，風聲很緊。我住下風口，自然沒少吃瓜落兒以及經過稀釋的消息。夜裡，或撐或餓，難以入睡，有時甚至會捱到雞鳴。

那隻雞也著實討厭，就在腦子裡的睡意終於壓倒肚子裡的翻騰時，牠清脆的啼鳴如利喙啄疼我。我又不敢惹牠，因為趙老太爺寵幸牠，專門雇了幾個人養黑螞蟻餵牠，替牠清洗被褥，精心打理麥秸稈。

毫不誇張地說，我靠蛛絲馬跡活著。有時，飛來碎紙片。一些人家的屋簷下，抹去記憶的活動一直沒停過。手撕累了，剪刀派上用場。甚至還試過泡軟，揉碎打成紙漿，用它們滾雪球。我們這裡的雪球是實心的。

當然，我也不是一無所獲。最豐厚的一次，我家來了十幾個調查人員，向我打聽突灶螽的食物譜系。他們有兩位穿著破舊的迷彩服，來自東北野菜協會。「大哥，吃帶墨跡的紙會傷胃，尤其是圓珠筆和2B的鉛筆寫的字。」有一位在白大褂外面套了件帶老虎頭像的毛衣，湊到我耳邊低咕。我拿出身分證，趕緊聲明自己姓高不姓趙。

羅馬湖

我喜歡把問題簡單化，因為我不能多想，否則腦袋會炸裂似的，就像樓上住了個神奇的瘋子，深更半夜，用電鑽一樣的歌聲喚醒我的恐懼。

那輛拉達徹底熄火，像她的前男友。他還鑰匙時，前村長的前任小舅子在結冰的湖面上耍單兒。「北風那個吹」，冰刀切斷枯柳枝，有一刹那，他幾乎要僭越。此地不偏，但規矩是老的。

招來摩托黨的傍晚，二月蘭遍地。毛絮先生在下一本《拙劣故事集》中，陳述了我的三點要害：（1）這裡的二胡實在不如他的鼻音，我用修馬達的錢買的，現在也毛了；（2）我居然不會爬樹，故無法診治漫天的毛病。現任村長挖了自家的牆角，每一塊磚刷上紅漆，在湖心砌爐子。但全村人採集的磷火，湊不齊一個火柴頭；（3）夏天是泳褲上的魚鉤。我用腐爛的樹葉埋葬魚骨頭，野餐散去後的一片狼藉。於事無補，彷彿月光灑落，咋咋呼呼。搖櫓的人狼狽，仰著頭打轉兒。

日子輕巧，你的滑音。

廊坊（1）

在前文裡，院長的手握著煙斗，材質被緊張的我忽略了。應該不會，既然我注意到他的手附屬在多餘卻恰當的文字裡。

或許不是有意，圍牆被當作故事的邊界，作為讀者的他不經意發現了另一種角色的可能：長在牆頭上。季節只是背後的虛擬，草色向來枯黃。實驗室亮著燈，我牽來一頭霧水的山羊，鬍子比院長得漂亮，右前爪抓地，左邊的似乎有點顫悠悠。院長繼續打量金屬臺上的煙絲，沒搭理我和我的山羊。

現在到了做補充說明的時候。我們其實是外延的產物：那個「我」被放置在故事的中心，但那是人生的郊外，而真正的我，為了方便敘述，在草圖上被寥寥勾勒成或許存在的「他」。院長可有可無，但他的煙斗，作為一個地方性標誌，不容忽略。

再往前捋，線索逐漸形成：我坐在新建的公交車站，總是有環衛工人在眼前晃悠，不時瞧一眼我手中的書，期盼著我最終不耐煩，扔進她的垃圾箱。「我好像在哪裡見過你？」她忍不住過來問我。

中目黑

他是來談合作的，於是產生了街邊長椅的必要。繼續幫助一個業餘攝影師，把北歐風格的雜物搬進主衛。TOTO浴缸，曾經流行的小黃鴨礙眼，破壞了乾香蕉莖、黑帆布安全帶、小菊花圖案手套和紅藍保險絲的長期積垢感。拿走，於是慘白的乾淨呈現出我們要的效果。

破。破。破。越破越好。破敘事策略。

窗臺邊，光流下鼻涕。小駒忒聰明，採取了自我隱蔽的方式：進入遺忘。讓他們爭議去吧，他決定不講明白。詞語間，空隙比東京的麻雀飛行的距離遠一些。尷尬的禮貌，白手套。輕拿輕放。一隻死麻雀的羽毛，旁邊是你的破僧帽。

七月，是空調的責任。如果不試試，如何預防你跌倒。落日延長了時間，在兩座樓之間。那輛解體的沃爾沃240完全可以擔當點燃結尾的任務。但你說，還是清理一下，做個目錄。

結果是對比刺身與刺青。隔著玻璃，笨蛋咖啡館裡，還有人在發郵件。眼珠不動，手指飛快。他在聽寫。小碟裡，白砂糖的結晶體。

榕江

車壞在了半道。運思的他浪費了太多的白色，搖下車窗，看見那顆天狼星。

關於最冷的記錄，道聽塗說，他合攏手，哈氣。他聽父親說過，他們是從馬背上滾落的部落。

我認識他時，路已經修好，夜漿洗了白天的領子。我說你聽還是我聽你說？字的軌跡手難以撫平，抑或反其道而行之，我們靜坐，觀霧一團團自谷底漫上來，侵蝕腳底的一切。以及四下。

不要輕易說你屬這裡。小黃蹲在田埂上，等背簍的人罵牠一聲，汪汪叫著跑開，又回來。誰路過，誰久居，又一場夜雨和泥濘。備下燒酒的火盆邊，依舊可以烤我們的鞋和蔫了的煙葉。

油菜花的日子裡，餵牠剩飯。你被煙嗆到，遞給他一封信。我騎著快散架的自行車，早已回到自己家，鋪開紙，隨便抄錄點什麼，也算打發掉剩下的時間。

再說他，一腳沒踢開自己的晦氣。不如原封不動，把它退還給一陣山風。我和他都是在同山裡的風較勁，或同行。在我們這裡，沒什麼不同。

中關村

我花了一年時間，研究各種眼淚。主任的評語是：樣本不充足，而且雜質太多。她建議我翻牆，去隔壁的笑聲研究所偷幾管試劑。她讓人從車庫裡取來梯子，搭在爬滿薜荔的紅磚牆上。「迷彩服和臨時工證件，你自己搞定。」我感覺她還要說什麼，但「嘀」的一聲，說明時間已到，她和她的辦公桌自動下降到一片水中。我急忙跳進旁邊的游泳圈。作為火象星座，我肯定選錯了職業。

畢業後，因為離得近，我和大師兄交往最多。他是我們年級的笑星，目前在知春路賣流行歌曲模型。他沿街來回走著，邊走邊唱，從不主動叫賣。如果周圍的行人中突然有人淚如雨下，大師兄立刻從手中變出一束塑膠花，跪在那個人面前：「恭喜您！新一屆的流行歌王誕生了！」他倆深情對視，簽訂了合同。

昨天，他約我在半畝園吃飯。我發現他後背鼓鼓的。「兄弟，別擔心。我最近生意太忙，沒時間笑，體內積了太多笑液。」但我還是淚如雨下。我把淚水先收集到碗裡，然後分裝瓶好。

中衛

推手瞬間，雪又抖落些白粉。這天太乾了，二哥蹲在那裡，像一個自我降格的神。

我摀緊耳朵，生怕聽進去的話跑掉。我們可談的事本來就少。二哥是驢脾氣，好幾次躺在磨盤上，非得村長過來抽上一鞭，方爬起，拍拍屁股，立在那裡，不肯走人。

我的意圖是挖掘其他呈現方式。我不再說時，氣流是否會逆轉，把他的鼻子吹歪？（你說的是村長？那個被一個巨掌壓扁面孔的中年人？）如果已經是平面，歪和扁分別意味著什麼？

村頭開始出現紙盒子，每一個裡面住著孩子的怪癖。比如數羊玩兒的班裡，夢遊啟動的一天。我們把沙坡頭裝在沙包裡，裁判，村長家的公羊，堅持要一張榆木板凳，便於牠爬上爬下。

我把桌子拆成各個構件，分別給它們標號。當整體不在了，整體的概念還停留在沙子的沉默裡。一隻蜥蜴每次逃竄前，必停下。是習慣使然，並沒什麼要看清。

我和二哥隔一層薄薄的乾冷的空氣。扔來扔去，沙包連接了每一個點：敘事塌陷。

龐各莊

如你所言，爬到山頂，時間果然凝固在那裡，一個懸浮的球體。我吃瓜，現在輪到瓜皮。

經過幾次討論，方案裡的煙屁堆成集體意志。你可以詛咒密閉的空間，但不能一步不退。當初，我們走到一起，就是因為不需要窗戶洞開，什麼都是私下裡的生意，包括生命的意義。但其他窗戶形式並未涉及，暫定為可能性。這是兩套系統，也是系統之間的橋段。

讓我汗顏的，真的是盤子裡的一粒粒瓜子。它們那麼生動、水靈靈，慢慢凝聚糖分。那層透亮的膜，一定和話語一樣黏稠。你和我當然可以組團，去爬人造小山。等我們賣掉更多的自白，垃圾山巍然聳立，用綠色的網罩好，廢氣淨化系統收回成本，結伴出遊的其他人同時發出尖叫：「瞧，那個球！」

我於是去應聘，他們質疑我的背景：「北京牌手錶決定外形。如果非要在空間上有所突破，我建議你們去爬山。」他們為何變成了單數？而我成為群眾？我沒戴錶，難以確定。天色青黃相間，最後一撥，然後是霜降。

林雪坪

那天，雲閒散，空氣透亮，一副高渺的樣子。我花兩千克朗，在跳蚤市場賣了一幅假畫，莫奈《魯昂大教堂》系列中天空發藍的那幅。妻子英格麗說，臨摹者技藝精湛，但不知為何，她越看越頭暈，非常像我們金婚紀念旅行，她在船上要嘔吐的感覺。我似乎聞到一股淡淡的海腥味，從畫的背面散出。我把畫翻過來，突然發現畫架的橫檔下面夾著一張發黃的紙條。好奇怪，它什麼時候冒出來的？我小心翼翼取出，打開，辨認著上面模糊的字跡。

「我最親愛的英格麗，我在海上漂泊了兩個月。我無時無刻不在想妳，想妳紅撲撲傻乎乎的小臉蛋。寂寞嚙噬我的內心，像地下室那些小老鼠，我只能靠畫畫來驅趕它們。前兩天，我臨摹了莫內的《聖拉扎爾火車站》。原畫中發紫的煙霧，那種色調，非常像鯡魚背。我們船長是一個冷血動物。他管叫我雛兒，因為我心疼那些我們捕撈的鯡魚。塞巴爾德在《土星之環》中說，我們並不知道鯡魚的——」

信沒有寫完，天暗了下來。

汕頭

鐵線蓮的側影。也許錯位是對的。這一週，也是上一週，我坐在一堆卡片中間，居然錯過了翻譯家。

他生卒年不詳。不過不要緊，大理石頭像落了厚厚一層灰，眼睛充血，窗簾後面藏著星期六。私語，紙屑般的理解，誰猛地推開窗戶，它們到處都是。舊沙發搬不動，一個詞靈光一閃，越過木地板的句子，滑到沙發底下。

我推一下鼻樑，假裝眼鏡還在。星期二。肌肉痙攣，生理性反應。海整個前移，碼頭上是轉身奔跑的人，如意義，何止一個？集市，貨幣反面的手印，大概可以傳遞給對方。

星期一，遺傳病似地去了五金店。已經打烊，但十五瓦燈泡拒絕屋子的四個角。我咬著鉛筆頭，讓對方的溫柔浸潤自己，也浸潤對岸。

我決定用省略和暫停完成自己的上午。他替換進一個角色，我覺得不錯。星期三（因為他的替換，臨時補回一天），我坐在船上，他在我的互文中和自己躲貓貓。江面收納了光。可能。如果他替換進自己。

衡水

「四個燈籠，八個燈籠，等一等，你為什麼要數燈
籠？」我掛斷電話，問抱住電線杆的大爺。他一半臉
笑，一半臉嚴肅，向我展示他的護照：長頸鹿聯合王
國，國徽燙金：「小孩，我迷路了。導遊說，這裡的人
善良、認死理[1]。只要抱住電線杆，死勁兒撞頭，就會
有人來救我。可是我怕疼，喜歡數數。你不會不救我
吧？」

我的樓下是五十年代末建的鍋爐房，廢棄多日。每次
我餓了，就鑽到裡面去研究掌紋。先是左手。老頭拒
絕了，他怕癢癢。我衝著牆壁大喊：「你怎麼永遠長不
大？」一隻蜘蛛飛降到我眼前，然後反彈上去。室內幽
暗的面積，我不得不回家取尺。「你說話要算話喲，我
弟弟還困在電線杆上，回不了國。」

直到他們砸開冰，從滏河[2]裡打撈出兩把玩具手槍，我才
找到他們兄弟的童年。海風吹翻睡在草叢裡的蟲子，有
一隻特別喜歡說大話，即使其他蟲子堵上耳朵，假裝在
睡覺。牠們弄假成真，開始短路，入夜後，變成飛來飛
去的火星了。我追著牠們跑。

---

[1] 指堅持某種道理或理由，不知變通。

[2] 今滏陽河。

赤水

用模仿來定義，裂痕成為每一個動作的內在結果。一次出遊。裡面長出竹芋，因過度澆水，葉子發黃，耷拉著。

師傅把鏟子遞給我，去樓道裡抽煙。我為何化不到緣？一單元的公務員領養了一兒一女。他在廢水處理站工作，夜裡經常遇見瀕臨滅絕的動物。借著月光，他撫摸牠們扎手的毛，或光滑的皮，彷彿聽見兄妹倆在黑暗深處私語。他們披著槲寄生的外衣，在一間巨大的空房間裡遊蕩。公務員明白，夜是最深的陷阱，逃離是最大的誘惑。他自己的徒弟，早已卸下思想包袱，和他徹底決裂，一次次從瀑布上方往下跳。他是不是應該和自己決裂，帶上養子養女，去山裡看望妻子？

山嵐橫著，攔住日子的去向。

我站起來，活動一下筋骨。樓道裡堆滿易燃品，難怪師傅沒聽見我的叫喊。上個月，我請他過橋，在合江吃了一碗豆腐腦。「你知道我們為什麼不能放棄鏟子？」我搖頭，師傅從口袋裡掏出一張小卡片，上面畫著一對小朋友肩扛鏟子，昂首走著，如沐春風。

波爾特沃

我在他背後畫個叉，一個象徵性的叉，不是十字。火車正好拐彎，減速。光線似乎更加從容，梳理著他稀疏的銀髮。父親回憶說，他們年輕時，經常去海邊，散步、聊天，探討未來的走向。那個人死後會如何？他只有一個女兒，誰來繼承他？

父親退休後，厭倦了報紙上的各種觀點，每天早晨，坐在樓下的小咖啡館裡，反復閱讀一本食譜。「如果你要旅行，不要走遠，像保羅‧梭魯那樣，只坐火車。」他學會了發短信，但還是一副諄諄教導的口氣。

三個月前，我在赫羅納找到一份工作，護理那些喪失記憶的人員。豪爾赫醫生說，每一次正確拼寫一個單詞，尤其是字母多的，都有益於他們記起自己以為忘卻的事情。「語言的魔力！」他誇張地仰頭看著天花板，彷彿上面會浮現什麼奇蹟。「如果能背出一個完整句子！」他咬著牙補充道。

現在，我盯著車廂裡的老人（多麼像父親年輕時的戰友），實在想不起「風吹滅火柴，但風吹得越猛」後面是什麼。

高樓門

來買布鞋的兩位寸頭。其實入秋了，葉子沒落，早起還是有點背涼。按規矩，要掀門簾，但尚早，我姑且在櫃檯後摳一會兒指甲，假裝沒瞅見他們。我祖上，說遠了，你們懂嗎？不懂！那就不搭理你們！（哪一輩？這個怎麼能洩露?!我抹去口水，堆著笑迎上去。）「獨一無二，絕對棒！這什麼年月？哪裡去找？」可是兩位大爺背著手下臺階。誰砌的臺階？我跟他急！

那天是星期五。不早不晚，上門鎖時，老孔抱著林妹妹過來湊趣。醜死了，頭上還戴個花環，不知哪裡撿的。我急忙把寶玉關進籠子。寶玉三歲了，純種的暹羅貓。

「買好彩票，向南，看誰遺落了病理報告。」老孔已經糊裡糊塗大半輩子，他們非要拷問他。我建議不要用手，更不能用火，就是無限制地提問。月亮像脫落的門牙，泡在清水裡。月餅確實難吃。教堂門口，賣梔子花的大嗓門認識老孔。還有十八子的師爺，後來，當然只能是後來，南方人不沾光。黑布面。

酒仙橋

先從喝粥寫起。將台路包子鋪，碗越來越小，淚水越來越多，流了一複合地板。衛生檢疫部門取締了我們。老闆，我的藝術啟蒙老師，鋪瓷磚出的名，用粵語對我說，你以後不能肆無忌憚流淚了。我當然一個字沒聽懂。山寨版訊飛如是翻譯。

好了，你就當我什麼都說了。我偷運電子件去看望大師時，他已經閉關三分之四人生。溢出，空入空的法門。無是一個幻象，在黑白照片中印證。我不餓的時候，可以把二十世紀的皮筋拽到東風公園，我媽媽新買的。她每月買一把，替換舊的，防止老化。這件事她已經做了二十一年。我現在是短髮，比學弟的還短。他因此拒絕為我付粥錢以及關門的損失。大師順便題了字：電子歷史。

在大宇宙鐘下，我決定把簡單的縮寫或首字母定義為隱祕符號：「彷彿一下子掉進了二十世紀。」真的？我問媽媽：「妳小時候梳辮子，怎麼會有時間敬禮？或者，時間怎麼會等妳梳完小辮子？」媽媽二話沒說，打了我一頓。

夏河

風的手指順時針畫出顱骨，念珠撥動，霞光點燃草尖。點，圓，玄。

我把出租車停在路旁。客人心跳加速，看見自己打遠方奔跑過來。下午晚些時候，夏夜遲到。我由他打亂這一天的節奏。天瘦了，進到後視鏡裡面。僧袍，酥油，貼著牆走的影子。我把自己停在客人和他的書寫邊緣。

他四十上下，一臉興奮後的麻木。出發前，我們一起回顧前一天：一匹白馬與意識湧動的地平線平行奔跑，騎手被甩下馬，爬起來。電線桿。時間像舊報紙包著的未名之物。他說在哪裡見過我，可是他第一次來，我從未離開過這裡。天熱了，他脫下衝鋒衣，疊成一個人形：「這是小時候的你。」蠓蚋紛飛，如離散的思緒。「先生，我們走吧，如果你想趕上自己的未來。」我抿一下發乾的唇，聲音在喉間打轉，他閉上眼睛，應該是聽見了。

「這個給你！」不知何時，他手掌裡變出一塊棕色的糖。「我知道你要說什麼，但那個不重要。時間已經過了那個點，並不存在於過去裡。」

丹陽

我出城時，他們在舉行比眼神比賽。事情的緣起是最近有兩個高手，突然對讀書這件事產生了強烈的厭倦。從《知音》到《時間簡史》，他倆做了厚厚的十本筆記，每人十本。某次一大碗酸菜魚麵的早餐，一個矮個老頭一邊擤鼻涕，一邊考他倆生僻字。麵館老闆出於義憤，把一個空碗扣在老頭梳著花辮子的腦袋上。高手一奪門而出，高手二立刻背上老頭，從後門溜走。我當時正好在後門外面賣傲氣丸，一把抓住高手二。

我一直以自己擁有斜視能力為傲。我本來是要抓旁邊悠哉悠哉飛著的蜻蜓。我從未失過手。抓蜻蜓，抓蒼蠅，抓蚊子。只要牠們以為你沒有盯著牠們，就一定會放鬆警惕。但那天我出門前，剛學習了高手一的事蹟，覺得再不認真抄襲臨摹，後半輩子，只能以捕蠅高手的名義進入後一代的傳聞。我的蠟像夫人，右手握《丁卯集》，左手拎著兔子，在燃燒成灰燼的夜晚，勸我矯正世界觀。

如果我沒有聽她的，我是否會成為高手三？

弋陽

路沒走出多遠，我們就錯了。於是我們決定改水路。每個人帶著一元錢來到渡口，除了籠子裡的豬和雞鴨（牠們幽怨地對視，信江江水渾濁）。按說一切如常，如日常，但不排除有人不知道自己的紙幣是假幣。我身邊的未來信息大師用自閉症患者的表情暗示我事情有點蹊蹺。蔬菜的價格，泥土的氣味，總之，在販運過程中，日常被一場冷雨打斷。

有人在船上設下賭局，圍觀的人並沒有袖手，而是嗑瓜子，摳鼻子，捏下巴。那位抽身出來吐痰的人神情恍惚，在最後一刻，決定放棄賭上自己性命的想法。畢竟有點滑稽，他這麼想著，湊近過來，把我從未來信息大師彌散的壓抑中解脫出來。「他故弄玄虛。你看那條駁船，上面裝滿沙子，漏不掉他。」我也恍惚了，這分明是我們三個同時想說卻沒有說出口的話。

一根江水色的鴨毛飛出舷窗。這是最大的賭注。我瞥了一眼他衣服上標籤撕掉的地方（哪個他？不去分辨時，就已經贏了），那些針腳線頭，以及偶然抵達。

金壇

身邊，大象在除草，塊頭超過十五個馴象師，二十個訓詁師爺。我家門口，長年停著黃包車，因為隔壁家派場大，我們家常閒著。閒著就是閒著，不用辯解，更不必占著。如果能讓出自己，草會常綠，猛獁象會回歸，段家會另起爐灶，研究文字的創新。比如，我的各種體，他／她／它／祂／牠的統一體。

舉例說明——

1／我在雷聲中驚醒，沒聽到（睡得太沉，頭一夜酒喝多了，或決定把《語言的表象與本質》的寫作暫時擱淺；或者只是微醺，用啞鈴蘸墨，奮筆疾書，破壞明前的牆壁；或者，捧一杯沉浮的茶，閉目養神，聽古箏的演繹。至於曲目，謝天謝地，有人專門負責。）

2／根據上面的變化，在一個排除我的獨幕劇中，設置一些定語或從句。作為舶來品，標點符號起到振聾發聵的作用。我說話時，不由自主地想到應該頓號，還是省略號。怎麼會如此？我使勁摁太陽穴，終於，制衣人替他們脫下外衣，語言獨立。

後面。後面？

開普敦

飛機攀升。我下意識地緊了一下安全帶，順便摸摸自己
憋下去的腹部。忐忑不安與躊躇滿志混在一起，如一杯
雞尾酒。

最新研究結果表明，杜爾斯和我發明的新語言將為所有
通靈部落提供生存保障。每一次開發新程序，杜爾斯都
會讓面具參與進來。我們在郊區租了間環形的屋子，牆
上掛滿他的祖先留下來的九十多個大大小小的面具。最
大的一個裂開大嘴，我們把它放在入口處，從那裡進進
出出。杜爾斯對我說，從它的嘴裡出來的不是我們，而
是上帝的自然語言。它們晦澀、沒有邏輯，如草叢中野
獸們穿行的軌跡。他在屋子中央放置兩個蒲團，上面盤
著蟒蛇。我們的工作就是匍匐在它們面前，記錄它們與
不同面具的對話。我們把它們寫在一種人工合成的樹皮
上。我每週飛一次德班，將研究成果存在標準銀行的保
險櫃裡，然後去書店買一堆法律書籍，將它們交給廢紙
處理公司，還原成樹皮。整個過程需要兩天。這兩天，
杜爾斯會變得焦躁不安，跳著生物華爾茲。

順德

我快忘了自己長什麼樣，直到在趕去見客戶的路上撞碎一面鏡子。

那天，客戶肯定喝多了，我貼近話筒，努力分辨他在嘟囔什麼。經理說，這個月指標就差我的三百萬。他也喝多了，無限柔情地聽其他同事解釋，但對我毫不留情。誰叫我天天吹牛拍胸脯呢？我口袋裡的棒球墜得脖子酸疼，腳底的泡扎心。戰勝黑暗，我每天在桌子上刻這四個字。刻完用砂紙磨平。桌上中間凹下去一塊，摞起來的砂紙漸漸接近窗外灰色的天空。我突然想喝個涼茶，然後去大汕島邂逅我的最後一根稻草。

在最悶熱的月份，經理辭職了。他兒子來找我談話，希望我勸他父親離開這裡北上。「他那一套對照玩法，從愛情到跑步，從戒酒的窩囊廢到癡迷於鐵路的工程師，在這裡沒有市場。不過沒關係，只要他像您那樣，知道如何貼餅子那樣，抓住外界，忘掉神似。」他做個鬼臉，我的後脊樑發涼。經理蹲在廢棄的工棚裡，朝我做手勢。我雖然看不見，但能感知到他巨大的存在。

理縣

移植，尤其是平行移植，是對欠缺的追溯和彌補，你讀到這裡，回頭望著我的後背。我站在穿衣鏡前，皺著眉，借螢光燈，讀一本過期的《地質學報》。我用餘光看見你在鏡中一臉茫然，如同色澤暗淡的一輪圓月。你胖了。那年滑坡，你從屋頂上滾下來，摔斷腿。幸虧你年輕。石頭無法癒合，但不會哼哼唧唧。

說到還原，比如季節。我如何向你解釋一根逆時又同時順時轉動的針呢？水奔流著退去，在遇見堤壩時。

去掉引號、括弧和一切指向性的標記。我們往上走，往事的坡度幾乎又不可能垂直，如瀑布瀉下。此時，我倒吸一口氣，針葉林和闊葉林被緩慢的岑寂侵蝕。你握緊拳頭，皮膚乾燥。皸裂的地方，樹皮。車輛排長隊，等待放行。標尺上的刻度模糊。打開，折起。刷漆的房樑。你需要躺一會兒。背影在可預見的某一個點上回身。

再讀一段。

蘋果一樣暗紅的臉。裂口長八十公分，寬十九公分。他抄寫，記憶起皮。

第四輯

關於塑膠袋的醫生，
我知道的比其他人多

蠣岈山

指南是錯的，先從北部開始。風挾著一股妖勁兒，差點抓走我的前進帽。他從口中摘下假牙，端詳良久。遠處，風景單調，淺灰色。我和他是漸深或漸淺的關係。

他不認識我的數學老師。這是寫作技巧，本來去完呂四漁港（一個大大的問號），安排了研究帶魚骨頭的專家講座。我問他，呂叔湘和趙元任什麼關係？他一愣：「呂四港？造什麼？」我如何取消他的語氣？

一艘停泊的船，灰濛濛的，窗簾有蟲蛀的眼。我把煙火交給下午的棧橋。勾股定理，泫，水滴穿透雙葫蘆。缺一根拎它（們）的繩。合十的手掌裡有氣。

「你談談那些遺憾吧？」他不由自主地吟唱起一首口水歌，我翻到倒數第二頁：你終於反方向來到開始的地方。現在不是最好的季節，染紅它們的火一直暗啞，像吞下魚頭的地平線。

（我會找他，因為夾心歸來。）注意閩南注音。

插播暫停。我跳得好高，想奪回錯誤，撕掉。但他在指南裡用圓珠筆畫了一條破戒的路：粗糲。你以為是哪裡？

白石橋

關於塑膠袋的一生，我知道的比其他人多，起碼比我通訊錄上的3182位家人、親戚、朋友、同事和一面之交多那麼一丁點兒。

治理南長河的工人中，有一位喜歡彈鋼琴。但凡有機會，他就伸開雙臂，搖頭晃腦。中午吃完盒飯，他和大家一起，躺在草坪上閉目休息。鼾聲四起時，他的十指依舊在波浪般起伏，嘴裡嘟囔著：「你們去360車站，下一輛車下來的，每個人手裡都拎著好鄰居發的塑膠袋，裡面裝著擀麵杖和戒指。」我是不是聽錯了？他其實喜歡談感情？

換一種說法，你拎著塑膠袋到處晃悠，袋子或大或小，取決於順手抓到什麼。畢業證書、古董大哥大、小舅子送你的香椿（現在正當令），二十幾份快擠爛的簡歷，等等。

這幾乎是他取消演出的唯一理由。演出場地：臨時搭建的三角鋼琴架子，樂手和觀眾擠在一起摩擦塑膠袋。我藏在架子裡面，用卡式錄音機播放磁帶裡的讀書聲：一位加拿大人在釋放內心的焦慮。

冬天還在離開，樹枝刮破天空。

里加

每件事情都可以無限擴大。但是，我並不知道自己在做什麼，竟然穿著背心和背帶褲，加入了冬泳的隊伍。接下來是發燒、喝薑茶、腦門上塗靈膏。小個子神父跪在窗前，給我讀報。如果不是熟悉他彈簧般的聲音，不是因為我臥著不願動彈，我會產生一種幻覺，以為他們當時許諾的理想實現了：雪裡埋著骨頭，素白的結局。他揮動左手，右邊的人倒下一大片。我的褲子底下，是馬列維奇的海報。風特別強勁，開闢了第一章節，並記下下面幾條：

1. 空蕩的房間，非風景大照片。

2. 不動，如旋轉的針，他頭暈目眩。他冬天的日記沒寫到橘子，一心想吻她卻落空。贖罪表現為忐忑的文字。

3. 「我談了寫作計劃」，廢話！未來泥濘，六十二年一筆購銷。人物，是取捨時間段。我對「我」的質疑導致停電，而且有氾濫的趨勢。

4. 隔著近百年，雪越下越大。

5. 我及時退出，以便「我們」的構成得到文本支撐。

八卦嶺

茶皇河蝦

在移民之前，他準備忘記北方。準備花去了他的大半生，像蚯蚓越過榕樹樹根，蠕動到街沿。天氣難得涼爽，要不是一本沒讀完的書，他差點給老同學打電話，聊聊那次打雪仗，自己如何擊中雕像頭部。種子埋下了。永久地埋在床邊，但每次起床，他都急著跑去撒尿，忘了從沉重的睏意中抓一把土。

海派

敲門的人請求坐一會兒，聽完說書。我被他砸醒，忘了時事新聞後面是單田芳。

韋小堡

她有兩個月沒失眠了。自從丟了函授大學的證書，她每天在九路和十街上走來走去。面孔、表情、語氣、襯衣上的汗漬、塗壞的口紅、自行車打足氣的輪胎滾過路面，全部顯現在她的眼前。第一次。一輛敞篷車裡傳來吵架聲，如一次拯救。她在臥室門背後掛一個蠟染布袋，每天睡前塞一張廣告單頁。她能背下上面全部內容。

人造公園的構想

搬遷過程中，他們挖掘了文明。兒子回來問我，音樂老師不皺眉頭，為什麼會吞掉幾個音？

利物浦

先聲明一下。這是一家酒吧，或許不是。我懶得去考證。我的瑜伽老師嫁給了漢學家。她先生二十多年來，一直為取中文名字而苦惱（有時甚至是哭鬧）。不怪別人，因為他無法抵制考據的誘惑。他是聲音的奴隸。他告訴我老師，自己無緣科舉，只能考據。我不知道那時什麼意思，老師也解釋不清。

言歸正傳。我在少年宮掃地，經常接旅行社的活兒，帶一群法國學生參觀當地建築，因為我曾經在一個建築事務所當過打字員。關於建築，我的知識都是道聽塗說的，但不妨礙我掙點外快。我用各種主義先讓他們睜大眼睛，儘管他們很快開始打哈欠、交頭接耳、打情罵俏。為了挽救局面，我找到了一個省事的辦法：複印一張手繪線路圖，同時發給他們彩筆，讓他們自己先轉，然後給印象深的建築塗上顏色。紫色代表波德萊爾，黑色代表瓦萊里，紅色代表夏爾，黃色代表蘭波。我口袋裡裝著一本人人圖書館的《法國詩歌》。可惜我的法語太蹩腳，遊客們的英文也差強人意。

■ 176　　　　　　　　Cy Twombly的郵戳

伯恩

我腦子裡有五個圈。他們知道，並且相互轉告，但就是
瞞著我。

三月一樣的十一月，我坐在咖啡店靠窗的座位上發呆。
卡布的奶泡漸滅，像阿比西尼亞，或比利時的剛果。他
匆匆走過，又回頭。應該是注意到了我，隔著窗玻璃。

法新社怎麼說？咖啡色和白色，方格桌布。先生，旁邊
沒人吧？他額頭打結，明顯是不行動派。我妻子在儲藏
室裡除草，失手殺死了夢中的傭人。太可怕了，他們趴
在舷窗上往裡看。有人去報警，帶來那個禿頭歌女。

讓我想想！他動作誇張地從米色西服的裡兜裡掏出筆，
上面刻著OK，罕見的名字縮寫。有人勸我去申請商
標，我說可以可以，然後挪走了眼前的蠟燭。

旅行社的職員和他暗通款曲，在我的支票上聞來聞去。
夫人，不要打擾他的香草，是誰說的？

金屬一樣的流體。他們紛紛擾擾，雨後的阿勒河水。同
情派組織了一場辯論，默（寫）者勝出。快看，油墨滾
子碾過歐洲的天空，不是今天。

馬德里

我終於回到了馬德里，用輕喜劇的方式。房東隔著門縫打量我，卷髮中間露出巴掌大的頭皮。他幹嘛不看我的臉，非要盯著我鬆鬆垮垮的褲子和擦不乾淨的皮鞋？對了，他居然記得，我離開時匆忙，把他的褲子連同皮鞋穿走了，現在物歸原主。

我路過不少林子，樹木在裡面生長，外圍的一圈矮一些。我跑累了，一隻鹿突然停下，愣在那裡。狼狽不堪的人不是話多就是無語。牠哀怨的眼神告訴我，獵人生前都是逃兵。反之亦然。

出去喝一杯吧？我抖了抖嶄新的二十歐元。

「我不酗酒，而且按時繳房租，是誰說的？」他露出狡黠的笑容問我，感覺就像失意多年的律師，打輸官司卻贏得被告的芳心。沒錯，我這位老房東曾經有一位漂亮的太太，雲遊四海，他思念時杳無音訊，他快忘記時總是會收到她寄來的明信片。他在客廳正中間放一張桌子，上面一本厚厚的世界地圖冊，旁邊是伽內特翻譯的英文版《罪與罰》。他把明信片和記錄我們談話的紙條夾在裡面。

魯屯

古先生把我養在罐頭裡，造成我天生視力不好。不止一次，他燙髮回來，我的表情似乎在說，怎麼又買了一頂醜八怪的帽子？

時間是大家還在傳看《參考消息》，豆腐他娘愛上了話匣子。我沒見過豆腐，但今太太一說起他，就滔滔不絕，忘了給我換水。今太太姓金，是古先生寫對聯寫出來的，臘月進門，然後就不走了。

古先生自然不姓古，祖上姓李。至於是哪一支，他從來不解釋。問得煩了，他就把我放回罐頭，自己躺進玻璃缸。我一年年長大，他一年年換罐頭。他還給自己買了身潛水服。豆腐他爹出事那天，是古先生在水裡先知道的。「先生難道是白叫的嗎？」他扔一下這句話，一把拽過今太太，跑出門去。

到底出了什麼事，他們回來沒說，我也不關心，直到家裡來了一位文專家，調研各種不規範簡體字產生的群眾基礎。他端詳著我身上的紋路，從口袋裡摸出一把小刀。

「你不姓文！豆腐是你們家發明的！豆腐他爹是你殺死的！」今太太大叫著撲向他。

樓納

一九五二年十月，還是樓臘，在後來的一本非虛構小說
裡，他的回憶像加深岩石褶皺的水，陰冷、發黑。我在
醃蘿蔔的罐子上貼兩個請來的字符，沒有道理，純粹是
習慣。你的前世棄身敲完木魚，迎頭撞見傍晚閉合，流
霞妍麗如噴彩。當時工藝尚在縣裡完善，父執們執用禿
的筆，在我的臉蛋兒上抹來抹去，算是交待了。

北邊的雲已經翻過好幾個山頭，他才投下影子，借竹竿
現身。

作為刺蝟，或蝸牛，徒手攀岩的娃滑落，屁股開了花，
像一本低級讀物。注意，一夜折騰，總算有點眉目，天
也快亮了。他還在草垛上趴著，你撥不動，這日子一樣
的算盤珠子。山道上，車馬如滾石。那些賦予意義或真
實的，裊裊升起。

我請眉毛端坐說法：不是從前，亦非今後；絕無此身，
何來他人？莫聽流水，忘卻雞鳴。他走了，你來了，我
剝開一顆花生。

我們是生理鹽水，他在引文裡注明，但於事無補。於是
被抓住話柄，傳說一樣噴射。

雷山

那麼，我們來談談句子本身。咳嗽，卻又瞌睡。假設你在家裡迷了路，床、桌子和板凳幫不上忙，因為深陷於自我證明泥淖般的緘默中。物非舊物，但絕對不新了。你彎腰撿起煙屁，凝視良久。上一場自我搏擊捎帶腳殃及了那個印著紅花綠葉的玻璃杯。

第二幕第三場，群山環繞。從頭寫起，不是重頭再寫。下面是導讀——

編織這門手藝靠老繭說話。是嗎？我真不是在挑釁你。你看他胸無毛，眼無神，發烏黑，啃著自己的指甲。（另外，指示牌的LED技術閃了他一下。）

從西江回來，你路過木鼓廣場，沒看見熟人，就直接去夜歸來旅館。一笑露出虎牙的前臺一邊撫摸著你剛捕獲的野兔，一邊幫牠辦入住手續。「小號牙刷，如果沒有，毛筆也行。最好是羊毫的，千萬不能是兔毛和狼毫的。牠不能再受驚嚇了。我是說我。」刷完卡，你去買床上用品。

前一天晚上降溫了，馬路打上冷光。街道主任給每個失眠的孩子分配了一根電線杆，讓他們抱住。我穿行其間。

荔波

我們寨子消失前，三十多戶人家在樟江邊依山而居。我爺爺是寨子裡最乖戾的男孩，曾經在某個夜晚，當鼓面大的月亮升到中天，大人們喝著酒，同自己家的豬一起快樂地扭腰，他爬到屋頂，嚎啕大哭。據說，月亮的鼓面出現裂紋，江水滔滔漫上來，沖走了十頭豬和蒙家的兩位兄弟。我爺爺，雷公公告訴我，他喜歡在木板上刻字。土司後來在蒙家的門板上讀到歪歪扭扭的四個字：遜日蒙難。

此後十年，子夜時分，江上總是起霧。天黑，看不清。寨子的人舉著火把來到江邊。雷公公還說：「你爺爺臉色煞白，長得越來越像蒙家二兄弟，徑直走進江裡，嘴裡念叨寨子裡每個人的名字，直到遠處響起鼓聲，才踏水而返。」

然後呢？我追問道。雷公公撸起左臂的袖子，亮出一幅長卷，是用墨水畫在胳膊上的：「突然有一天，寨子裡的人再沒看見你爺爺，我們一把火燒掉寨子，搬到山上。你現在的爸爸，是那年端午節，我們在豬圈裡發現一個哇哇大哭的孩子。」

都勻

到我這一輩，我們家幾百年一直在參與老街的鋪砌和磨損。我年少無知多病，主動放棄了榔頭和鑿子，放棄了毛筆和硯臺，天天坐在滴水的屋簷下編草鞋。我不賣。我收藏自己的作品。我把各種報紙和小廣告撕成條，搓細，夾在草繩裡。對面賣耳勺的二嫂說，她兒子中文系畢業，賦閒在家，但最近時來運轉，替黔技網絡公司策劃草根翻盤文案，準備捧紅她和我的收藏，如果我接受他寫的對聯：耳根清淨，腳底油滑。

我從未見過她兒子，二嫂的丈夫也不是二哥。坊間傳聞有三個版本，版本一是版本二的PC版，版本三又分別是一和二陰陽怪氣的母版，用數字化的風格寫在盛米線的碗底和匆匆而過的行人的眼神裡。

揭開謎底後，你們還是在問，PC版是個人電腦還是政治正確？一樣東西怎麼可以同時分別是？我放下手裡的活兒，摘下墨鏡，給圍攏過來的省報的記者們看鏡片背面滾動的字幕：高級吧？我們用眼皮閱讀。PC是Probable Certainty，句號！

浦東

那朵雲在空中炸開時，我正在咖啡館給你回短信。你，我假想的家鄉，散發著淡淡的廉價的香波*味，在閃爍銀光的溪水旁（雜誌濃亮的色彩，照片裡褲腰渾圓的氣派，一片稻田）。

「這麼不專業，我怎麼幫他開脫？」小開是我的化身，坐在對面，每個人的對面，彷彿他（你可以替換我，當然你不妨買一副鞋墊，試試我的鞋）是學會了拔眉毛的變色龍，睥睨桌面上的一切。

天氣不好不壞。穿開衫領的並不比繫風紀扣的開明，外白渡橋上，揮手的其實想放風箏。「老爺，羅宋湯有點涼了。」小說裡的腔調早已在當年打好底子，今天關心洗茶的不如早期的拆白黨。「一根船篙左撐右撐，擺我們到新社會。你知道後來怎麼樣？他們統統是水蛇腰。」

船長的鼻炎腔引發了我的耳鳴，我不得不想像另一朵雲正在某處升騰，痛快甩掉戴牛仔帽的騎手。上門板的暫停，麻雀嘰嘰喳喳圍攏過來，默片裡，黑白的沙沙聲淹沒你的老街。你決定離開觀眾席，讓影棚裡的各種道具失效。

---

*　香波，即Shampoo，洗髮精。

高新區

在一份未經審計的報告中，我向大會主席團彙報了上一個年度的額外開支：

1. 未明事物安置費：貳佰捌拾伍萬三千陸佰三拾圓整。（主席團對數字不感興趣。他們趁銀行代表低頭撿筆套時，全體通過。掌聲劈裂不飽和聚酯天空。）

2. 價值觀圖形研發3.0版本弱視群體增強版印製費若干。（銀行代表筆直坐著，儘量不被主席團的意淫和腦門上的甲殼蟲打擾。）

3. 特殊樓體超輻射強度損害草皮費用若干。（蒯焱博士闖會。她是後邏輯專家兼草根——只是字面意義——崛起實驗室主任。根據建區方針，我可以不搭理她，儘管我的頭皮開始發癢。）

4. 外國國名或首都名字變更後涉及的相應調整費用若干。（幾位會輕功的與會人員舉著書本、文件和路牌，在會議室天花板上，臉朝下跑來跑去。）

5. 關閉場所例行檢查人員補助費若干。（去年我區氣溫達到了歷史最高值，氣象局脫毛的兔子在門外等候我們搖鈴請證人進來。）

一不小心到了茶歇時間——

奧斯汀

你們來的不是時候，正趕上文本作者在文和本之間徘徊。無獨有偶，天將黑未黑，我卻在二年級倉庫裡看上了一張舊桌子，桌腿磨損的部分，圖案像一枚折翅的蝴蝶。

聖安東尼街上，敞篷車開走了，留下一個虛構的輪廓，彷彿，又不完全是，你在那裡跳街舞。

再回到那個遛狗的人：暗紅的絨線帽（溫度不適合，但他喜歡）、米色的套頭衫和李維斯牛仔褲。其實，焦點是這座城市的風格。你是左撇子，歪著腦袋抄歌詞。你和他，在文本作者那裡模糊不清。問題的半徑擴大，不扔石子的時候，水圈是隱蔽的。試著想想一個永恆的點，收納又消耗能量。文字與空白，最好是後者像臨界點的假設，在翻轉的過程中，打散了人群。（他們突然感到一種莫名的尷尬，盯著自己的杯子，想要離場。）

順便說一句，他們是來看那個著名的景觀的：幾百萬夜的使者，鋪天蓋地湧來。墨西哥灣的早晨，在六百英里之外。

宜興

洞穴狹窄，他的臉龐有爆炸的欲望。推一個棋子給我，咚咚咚，腳印的力量，但隱喻像黏稠的章魚，石頭裂縫中，血液，語言，你放棄了。

變的水分，霞衣的下擺，你可能轉出火的形態？

宣紙告白，我在陶罐裡挖出下午的景。故意，那是陳舊與固定。若性質長成，若他跳出圈外，我在竹竿的節坎上練習打字，拼寫另一種可能。

拉線人，我們來養一個。天井的象徵是方中的圓缸、浮萍、偶然的蜻蜓、促織的秋聲，我枕合攏的手。你塗鴉累了，說：「看我如何讓你濃眉大眼！」

期盼失落，一塊碎瓷片。韌性與踏空飛奔的故事，形成我們的遠遊和回歸。我撿松果，得空與樹下的老人對弈一局。誰沒駒？誰不是丟盔卸甲？散頁之妙處，若即若離，如牽如扯，可讀性屬介質的充分呈現。沉重的漂移，假如有，一定記在夢魘筆下。或由離散度帶走。

非此地。非彼處。你指指拉線人，嗡嗡叫的筆墨早已規規矩矩。我們取消格物吧。

勞動公園

假山。哈欠。我在給狗狗講香腸的故事，他在流口水。香腸是他的女朋友，肌肉緊實，身材苗條。我不喜歡這個臭臭的地方，那股騷味非常像初春的二手書展。長大後才明白人是如何在文字裡打滾兒的。講座進行到磨洋工階段，喀嚓，多麼希望留個影！照片裡，欲望的氣味介於發黴和腐爛之間。

帳篷裡的人象。鼻子捲起，雨果打個噴嚏。他瞪大眼睛，往後退。我刪掉一行，去煮茶。夜裡，牠們會返回擦乾淨的桌子，趁白天的恐懼忙著囓噬屋後的草。

游泳池。優雅的毛巾，鋪在畫面的左邊。幾筆之人，被塗抹成色塊，溫暖的無法複製的厭倦，如走廊盡頭總是不出現的臉和拖鞋。沉潛按比例滲透到他的生活中，跳不出來。空中，她們在打沙灘排球。一條折射的柔軟的漂白毛巾，忽遠忽近，如那個變形的球。

灌木叢與未來的風格。摘滿一書包葉子，媽媽還是拒絕去看山羊。冬季，隨意與貧瘠，骨骼中，等待新的生成。欄杆後面的躲藏。

清遠

他雙手背後，俯瞰著夢幻之國的沙盤。我屏住呼吸，站在他身後。他的左眼皮在跳，因為他的右腿在抖。

「十九樓客廳的窗簾太薄了，玄關的條几*上為什麼沒放橘子？」

我速記速忘。我的記憶內存卡是水泥槽，「他的話」已經按主題分槽歸類為：「問話」、「答疑」、「口頭禪」、「斷語」、「思緒」和「口號」。實在不好歸類時，我打印出來，塞在他的屁兜裡。兩天後，他會摁一下我的腦門，一切清零。院子裡，棕櫚樹又長高了兩寸。我有點擔心蓋樓的速度趕不上它們。

我是在北江岸邊遇見他的。那一年，設備大修，我被裝進編織袋，背上船。我向來不喜歡隨波逐流，我的天職就是輸入和輸出說明書。可是我實在太舊了，經不起折騰，又不知變通。

那一年也是他命犯芙蓉的一年。在去修辭所的路上，他被一塊碎石絆倒，昏厥中看見自己破陋的臥室滿園春色，花壇中央，芙蓉妖豔。醫生在出院報告上建議：江邊散步，終有一遇。遇即破！於是他遇見了我。

---
*　中國古代傳統傢俱的一種，主要用於擺放裝飾品。

定遠

眼鏡店老闆姓畢，時間不完整。我拔刺一下槐樹的冠狀，幾隻烏鶇蹦跳著回到我的心中。

——他的玳瑁眼鏡框，從中穿越的，是我們自己的蠢行，一代又一代，揮灑種子。萬物回新的智慧是別樣的。他用泥土搏出一個殘存的村莊。

——觀看的可能：錯的地標，近視，乃至軸的亂為。

小河流淌，七月萌生成熟。稻田，暗的金黃，突然一陣風，繞過田壟上休息的兩三隻麻雀。

中心幾乎是零。後來壓倒秋荻，畢老闆病重，隨著話語體系的崩塌。

——他們在說什麼？一個人的視力逐漸下降直到我和夜間的水聲娟娟如細流。

——鑼鼓，宮裡的人會說她牙黃。畢先生的侄女記錄飲食。當年，按薄子上說，我們是連體兒。

肺氣不足。誰在土路拐彎的地方摸出一個紙團，抹平？軲轆轉到村口，像朝代更迭，一圈圈。麻雀與烏鶇荒涼的圖卷。

——看那個窮盡畢生的人！

——需要這麼誇張嗎？戴眼罩的人搭著前人的肩膀，逃出自己。

福民路

果子，錯誤的發音，於是乎，那個湖建人一點點試錯。
我們在失措的情況下，膽子大了一些。口語，買葫蘆的
娃轉向他的負面，即賣空想的父親。通欄兩邊，蟲子蛀
蝕將永恆存在，去永恆性構成羞辱他們兩代人的邊沿，
如地緣政治。我走在半空中。你在摩挲黑暗的流蘇。

櫃檯玻璃留有灰塵的手印。「你可曾記得那個上午，雨
下得極慢，極酥軟，我們癡呆呆地望著窗外，彷彿什麼
都沒有，又隨時會發生？」一種巨大的腹腔內漲感伴隨
稀疏的人流飄蕩在街頭。汽笛聲居然在交易現場消失了。

一座教室在午歇，那當然是八十年代的簡易風格特有
的半音。我的腳底出汗，毛毛蟲睡在構樹葉子的背面。
他們之間的因果關係持續了一個夏季。「新聞在臺式收
音機裡，教會我們沒有意義的地名。還有武裝政變的肌
理，像席子的紋路留在臉上。」他抱著枕頭，獨自坐在
小河邊。漲水了，滔滔不絕的重複。

圓，半圓，雨滴滑落在收起的傘柄上。一些不可忽視的
作用起伏著。

羅湖

來的時候，出租屋，生鏽的欄杆（他的臉小於自己的
定義，水是臉盆，高溫下的性質），我數不過來後面的
影子。你擠出牙膏，抹一橫在海的上方。（準備是必要
的，閱讀就是坐在屋裡出賣語言。桅杆直直的，我終於
在漁港區分了天空。胡說之興如酒杯傳遞，醉了那些聽
眾。好吧，讓他們聊得歡些，出門忘了換鞋。）

今天，有一個湖邊的人不吸煙，也不販賣軍火。（駱
基同學背著荊條進門，抱歉，作為媒介，我太想傳遞，
但往往是一張網，結束。他們倆沒有盤纏，所以不是主
人，更無法在桃花下盛開。我近於山脈，疏於水。魚的
語言兌換成氣泡，然後終結。）被把握，可以想像的另
一端，銅鍍的圓。（舉凡陰晴圓缺，先進沒有後出，他
一溜煙搶在前面，湯姆和傑瑞傻的是頭出，老二點個
頭，把臉轉向老大的位置。）

培基。把時間夯成沉默。他從車間偷了一根煙，師傅在
下棋。當年（工業革命用喧鬧製造個體的音量，但不是
特殊材料，儘管神祕的早晨，吃蟲子的人）成就。

赫爾

拉金上校把腦袋剃成殼兒。殼兒是一個地名，他一年級時尚未成人，逗留，在教義裡磨盤，碾出無水的夜，也是白的。我們看不見，那不是它的問題。多少白色都淪陷在我們的局限裡，故意省略咒罵。但他實在管不住自己，陽臺上鸚鵡來過，聞到他的悶騷味。我們斷電，靠蠟燭軟化自己。

句式的軍事化取決於後殖民失敗，布萊爾說，我選擇直呼其名，不是因為共同瘦削的臉。翻開雨後的田野，狐狸皺緊眉毛，因為牠沒有眉頭。尖細是我們貌似自白的風格，捲過去，一陣涼風。

「你學的是電子燙？」可土地已貧瘠多年，沒有熱帶，沒有揉到一起的泥巴大師。音節比清晰重要，但在目錄裡，頭髮是標本。我不能確定他是否讀過兼好法師，功課也未必在夜裡幫助他攻克反力氣推開的門。

淪陷在更早期的黑裡：辛巴威。他偶爾翻到，到此為止吧。對自己的憎恨累計，一筆負數。他有過優雅的時刻，促成大樓裡的讀者規規矩矩。一個圓的邊緣保證它的外圈。

平安里

二十四幀，平面立體化，靠或不靠時間。恰好有我的糊塗，月亮出底盤，還是老花樣，拉好窗簾，幻燈片轉響年輪般的骨架聲。一隻老烏鴉，嘎嘎砸碎夜的眼球。

勢力店裡，藕占盡便宜。你是泥做的，張大爺一口蒜香，從東河沿回到船上。（誰能猜到唱片的沙啞讓聽的人飄忽，如風推水？）他們可憐的身影一轉彎不見了，我在豁口等自己醒來。

小故事時代，加煤呀，喝斥呀，顧憐呀，門診部主任用昨晚的牙籤比劃給我看：「你說那個龍骨，你說他們脊背上的命，一分鐘晚不得，對了，烏鴉怎麼講？」

此時才算是事情的開始。我交完毛票，閉著眼簽下你的名字。我的頭髮豎直，我能感覺到背後有人在演示（公開的掩飾）手的作用。寫字絕對是第二屬性。電車出站，電視劇接近邂逅的尾聲，而路邊大合唱部落列好隊，左看看，右看看，每一個音都沒有跑調。手帕飛落，窗戶打開（是的，順序沒錯），我撿不過來。夏天的瘦會來得晚些。

潼關

黎明在一匹馬的腹部下面綻開，如花紋，如鏡子裡的羞怯，生滿繭子的手欲從自身取暖。滑過鐵軌的聲音就是啞了一夜的光。我摸到一包火柴，心裡舒緩不少。

自代字營到坡頭，再折回。搭在肩上的毛巾千瘡百孔，而山峰開始泛青。研究話題每天多一個，好比不願下沉的歧義廣場上，我無處折枝，你趁機加大籌碼，將無知寶貝一樣疊起。

焰火表演結束，領餉的人多如饅。那是抽屜的記憶，拉開後就無法收拾。但我一路未歇，敲了幾家門。「你何不試試挖一鍬土？」

可能應該從這裡做文字的減法。糧票、半粒鈕扣、城裡來的信，還有體溫的溫度計。如果我相信傳說，我不如解開包袱，摸摸舊棉花的線索。就此別過，連露水也嫌冷，你讓我怎麼說？或者不說，搓著手裡的日子，直到客棧打烊。

但他反主為客，就是說，沒有上閂的門，裡面非常嘈雜。頭纏自咒，他不停給我講一騎絕塵的無影無形。該亮牌了，彷彿這遁入黑暗的把戲。

陶爾米納

「她在四分錢一冊的畫報上玩著。」

——勒內·夏爾

他積攢了幾年的雪。（想像一頭白犀牛闖進公共浴室，跪在大理石地面上。）臺詞鐫刻在打磨過的沙粒上，我的部分從未出現，因為我並不存在。端著薄荷綠，腳面金光閃閃，玻璃製品推銷員坐在行李上等人。假期即將開始，他很快會和一位免疫專家去瞭解失傳的釘掌手藝。雲朵不規則的形狀給自己起了個名字：齊托。好吧，我的影子有了，正倚在酒吧的窗臺上，考兩位穿白大褂的導遊日出日落的時間。

我還是最好解釋一下他們的位置關係：箭頭從遠古射來，正中他的後背。（齊托，被批准出訪，在一個溫度適宜的二月下午，不經意飄過海，來到歷史的轉角，光線微弱的一段。）有兩個頂角的侍者在圖形裡彎腰，彩玻璃那完美的弧形，迷住我的問題。我不會放棄，我會繼續在石頭的卡紙上做標記。時刻表的誘惑，百分之七十來自於它的密密麻麻，來自於一隻消失的手。（他們匯入街道的流光，劇院門口的臺階，完全被海鷗占領。）

臨安

一道閃電，雨不大，光亮處，他的臉龐。東方如面具，我躲進草叢，我們來講你對我錯的原則。騎牛的牧童，背一斗笠的糾結，連口哨也吹不響。街旁，猢猻在賣命符，我們開著大掛車，拉走了滿山的大樹。

千萬不要參加他們的宰牲節。牆，隔著性格的空曠地，讓孤獨安穩，草瘋長。「他說了什麼？關於節奏和大家的命運。」

屋頂今夜無人。老闆睡在裡屋，外面，鈴蘭和菖蒲的樂器在摸黑慶祝它們的自由。手電筒屬我們，屬奔跑中僥倖的平面。（筆談中寫到社戲，我的前輩，游過莫名其妙的血脈，赤紅臉，睜大眼珠，像廟裡的神。）

看來故事要換一種講法。一枚釘子，兩枚，如果他再拔出一枚，誰會興致勃勃地去爬竹竿？讓燈籠都亮起來，濕氣部分滲透紙面，額頭在上面磕出一片雲霞，回輦車裡吃奶的，只是為了避免從別人眼裡看到自己驚恐的眼神。

多麼大的天地，躲閃是真正的相處。我們聚在祠堂的黃昏，我臉上有牲口哀憐的表情。

常州

即將抵達，那離去的壓迫產生一種熾熱的含義，他反而去扣緊襯衫的領口。水汽凝結在詞語缺失處，你知道他當時並非做如是想。一起面對橋洞，燃燒的火滅掉，眼睛眨巴著。若空若滿滿地滲透，揭開包裹太久的舊物，是我們所謂的新生。預報說如你我所關切，它來了。

點開：無有正反兩面。地下通道裡有豆角和豬肉的味道，塑膠雨衣貼身地冷。（列舉法規定，青春期的遊戲到二十二歲終止，最終於晚年返回。）「自視頗佳，因幾乎一言不著」，或許信中的話他真信了。

「我的一位同鄉在新澤西居住，先是南瓜，然後是南瓜餅。」劃火柴的聲音，在他隨即忘記的感歎中。「又他媽停電了！我牙疼，但絕對不是我的問題。」

天山路，它曾經叫什麼？外環高架在頭頂上銀光飛逝。「虎耳草是我裂開岩石的／花。」因為早春的雨，他在回家的路上，想到放果醬的櫃子，想到年輕的家庭主婦如一片落葉。瓷器裡聚攏的冷。

利波瓦街

搪瓷*是臉面的事兒,他未必知道,骨子裡的事誰又會知
道呢?

下班的人流,蒼蠅與聖徒,光如此明亮,瞎了學者的
眼。第幾卷?第幾次咬掉悔恨?讓我復明的必是我的驚
喜,讓我驚喜的必是你叩門不遇。

說到酗酒,不過是一個巨大的幌子,世界在他的搖晃中
飄浮。誰來質疑本質,那可怕的問?在五月,他支起小
帳篷,微寒的風彌漫他的宿醉。(過去,意志用砂紙打
磨皮膚上的小毛病,老鼠吱吱叫的痛快掩蓋了後來我們
的惡。)是的呀,穿過低矮的拱門,我抵押了我的罪身。

有一天,在某個街口,睏意襲來。從伊比利背負苦難向
東的人,意識到時間將考驗他們,也更考驗那些魔鬼的
意志。有人撫摸馬,神志恍惚地哭了。他意識到自己飛
不起來,這匹馬也飛不起來。她們天天揉搓他的臉,哄
他,往壁爐裡投超常的眼光。火幽暗而溫暖。我們都是
街上遊蕩的魂。下一波人躲在不遠處,隨時準備進攻。

而他在酒瓶底上照見變形的相,一個滑過時間的相。

---

*　　又稱琺瑯。

銀川

昨天，我親手做的圓一點點露出破綻。樹葉跑過兩條街，打個轉，被一輛摩的[1]碾進水坑。騎車的是我小時候就假想出來的同學，偏偏姓賈，夏天也戴著海拉爾買的棉帽。不過，昨天他沒戴。我想一定是弄丟了。城裡最近每天有人丟東西：垃圾、嚼得無味的口香糖、打口CD、螺絲刀、嶄新的名片、記憶發黃的髮絲，最不可思議的是，我鄰居的親戚關係。

這絲毫不妨礙老賈騎錯車。他一直想雇一個女孩爬樹。看護街心公園的小屁孩暗地裡替他打聽過行情。他說，如果大家停止假設，只要堅持兩個月，花花草草就一定會充實人們的生活。到那時，保不齊[2]會有逛完Zara店的假小子，主動到馬路中央的崗樓報名。當她願望落空時，小屁孩使勁眨了眨眼：「你手到擒來。」

我似乎聽懂了，但想承認為時已晚。我從家屬區的電線杆上得到許多信息。其中一條是關於自己的：意義的房子有兩個口，進去的是進口，出來的是出口，但問題是回流，不停地回流，直到我忘記了。

---

[1] 摩的，即以改裝型機車作為出租營運的工具車，普遍存在於中國大陸。
[2] 說不定、可能。

餘姚

在我開竅之前，他已決定徹底剷除自己的思想，彷彿
產生各種想法的大腦是一個可以隨時清空的文件夾。郊
外，月亮出奇地蒼白，心事重重。「這是一個比喻，不
牢靠的，如果你問我的話。」我當然不予理會，眼睛盯
著那幅中堂裡的模糊人物，寥寥幾筆，像佚名作者試圖
挽回局面的努力。我比較過事情在猶豫不決時的不同質
地，房簷的空溯如何讓他心緒不寧。

至於影子的聲音，我相信是有的，存在於某個特殊的時
刻：當內心隨著空間一起展開，江面上正好有兩艘駁船
停在那裡，而他像其中一艘的纜繩泡在渾濁的水中。天
色漸晚，我不得不放下簾子，打開燈。屋子裡，溽熱的
空氣抱住他留下的那些殘念，非常混亂。當初他一定是
在一片黑暗中左衝右突。

我們沒有商量過哪天一起進四明山，了結一樁無頭公
案，但真是巧，一場雨的尾聲淅淅瀝瀝，結束在烏黑的
瓦片上。我竟然跳了起來，抽出一塊。他迎面走來，接
過，看都沒看，就拋向山谷。我們就這樣彼此錯過。

懷俄明

沒有過去就沒有死亡。一個比利時人不會背負那個奧地利詩人的絕唱來面對眼前的荒原：湖水遺世般碧綠，風和光影產生褶皺，沒蕩起柔情，而是展現了一種固體的層次感。目光必須攀爬到樹頂上，再向上，鷹在那裡，他想，畢竟是比自己還要古老和龐大的存在。

就這樣，我踢到幾個大松果。完全是不經意，但在他心裡，更大的缺失是未來。四歲那年，爸爸去了安特衛普，媽媽把你藏在衣櫃裡。毛躁和幽閉的愛，發悶的氣味延長等待的弧度。吉爾特大夫說，裹著浴巾走進赤裸的夜，你會提前畢業，並在邊境搭好帳篷。「一切都是準備！」他們把標語印在膠帶上，牆體後退，街道在遠去，像我下來後離去的有軌電車。一種場域的轉化，一種自我強迫的無效。

火星子飛濺，濕氣貼在背上。我手裡的樹條短了一截，談話的念頭一現，旋即被周遭的空意招滅。你和他沒有見過面。我望著歸巢的鳥，拖著長長的尾巴，鏡子照見一張陌生的面孔。他可能是先知。

寧海

臺階在空閒時格外冷。他活到了沒事做的年齡，但離古人還是有相當一段距離。他們早就死了，沒給他留下效仿的機會。

我抖抖那把大掃帚。幾隻螞蟻的屍體，在鏡頭裡破風箏那麼大，而風箏的軌跡紗紗如飛機飛過，水波溫和。

如果他此刻坐在我的對面，牆上還有一框錯落碼放的舊照片，誰會說他不是其中一個的遠親？在接下來蒙塵的日子裡，手指脫皮，紙張虛放在地上。我和他彼此客氣，把說過的話又重新拿出來，像掰一塊死麵餅，小心翼翼地丟進兩只空碗。離我近的那只，碗口被過去的人咬破了，露出淒慘的模樣。沿著湖的邊線，真絲襯衫的夏天在喘氣，在打量青苔的痕跡。

還是我，報紙裡的魚。風光的時候，滿街飄著香氣，絲線若隱若現。一個胖頭娃娃兩手抱住，生怕自己倒在季節敏感期。你自不可彌補的街角回頭，一邊惋惜一種境地，一邊勸誡我不要疊紙船：「不必擔心，它們會匯攏到一起。」說完，他就在那裡脫鉤了。

安康（兼致老車）

移向壁爐，一隻孔雀開屏的影子也是翠綠的，包括他眼瞼下的歲月。這樣渡過的河水裡住著古人，住著山下的麋鹿。我用兩隻手轉動夜光杯，十二只，沿星球的橢圓軌跡，構成循環，一種生生。他盤腿坐中間，安穩如不見無相，跳出無無相。

那是逃學的一天，從黝黑的桃樹枝跳到更黝黑的老桃樹枝。我給你看算數老師的氣門芯，你戴著草編的假髮，在矮牆上講演。關於風紀扣，呵呵，不要學校長咳嗽。春天沒有我們淘氣。

又有些村落被牛牽走，石床上到處是棉花糖和回形針*：我夢見鄰居家的偏旁散落在天井裡，蝸牛們來不及馱走它們。「忘了告訴你，蝸牛們還在苜蓿草的窩裡吃奶。我們要耐心等待牠們長大，把自己好好藏起來。我是誰？我是一道即將到來的閃電！你們看，每一家的房頂上都堆著被窩一樣的雲！」

但不是風吹過羽毛的圖案，是扣門環的小手，是手腕上的玉不小心撞擊月光。我把音樂盒放回，一片光赤裸著身子。億萬年。

---

* 　回形針（Paper Clip），臺譯「迴紋針」。

北門橋

北門橋郵局關門了。永久性地。你在修鞋老楊的工作臺上鋪平那張帶教堂尖頂的明信片，等候麻雀落在上面。三月打著轉，侵蝕我們的睡眠。不是打折，儲備力量的資本無法偷襲一家倒閉的首飾店，我只好從裡面看著你。精神性的。影子重疊，日子的角度有點偏，像後來趴在書法上面的灰塵。

讓我回憶一下。當時我好像是在巴黎，親眼目睹了你像一個醉漢那樣被兩個警察架走。聖心教堂外面的旋馬留下眼淚，但很快被遊客擦拭乾淨。我向你保證，我沒有參與。我喜歡雨後路面的黑，陰天顏色的鴿子在煙頭中間找麵包屑。我甚至有點喜歡你喝醉的樣子。

但你沒有出現。天空繼續充當它不稱職的角色。你曾經在路旁突然停下，捲起褲腳。「你真的想不起來自己在哪裡？」身後是一個穿馬甲的小女孩，坐在玻璃房裡，正在示範城市的演變。她的每一個手勢都迅速轉換成文字，滾過我的屏幕。我順手抓一把骰子，塞進褲兜。它們將與枯乾的梧桐葉擠在一起，如同一群流民。

曼哈頓（1）

當咒罵是原始的批准？我渴望遊在一片詞源裡，天永遠亮著，像某種囈語。「先生，您叫的出租車到了，是一根透明香蕉，裡面坐著她的親戚，一杯三十年的蘭姆酒。」人群中，他頂風，右手壓住禮帽。後來，他沒有得到天然的照顧。先不用去管我如何逃脫，如何從河裡撈起他的制服。他在閣樓裡學著用左手擰開欲望的瓶蓋。哈雷路亞，半夜的摩托車的排氣管！

弗蘭克可能愛上了一位司機。他酷愛反差、極端和電梯裡的大猩猩。那次南美之行，我認識了三位教授：白樺樹的皮革奸商，瞇縫眼的媒婆，還是瞇縫眼的媒婆。他／她們發誓：「藤本植物的大街，負責平鋪的工人們每天一大早到崗，戴好安全帽，排隊等待拍照。儀式是唯一的意義，也是他選擇下線的理由。」真的嗎？我可有足夠相信的資本？

酸奶？來一桶！無法確定他聽的是誰的演奏，但街道迷茫，地鐵口的人流挾持著他和他的語調。白夜，遼闊的天地，黑色是琴鍵的補充，一下下！

曼哈頓（2）

我的經紀人是一頭河馬。我離開伍斯特時，他已經是
一頭霧水的河馬，濕淋淋地到車站來送我。他不是真的
想送我，他只是很憂傷。沒有比送別更治癒憂傷的，他
這麼想。我在地下室的抽屜裡找到他的身分。他的養父
每天吃一條金魚，畫兩條。他的母親實在來不及收拾魚
鱗，只好跑去哈德遜河邊賣毛線帽。她相信，減少壓力
的唯一辦法是用流線型的結構讓事情透氣，又保持內在
的形狀。她同時也知道，結冰的關係在遊船上不會發
生。大家彼此相愛，渡過海關。

不過說來可笑。我推遲出發，他頂替我做了律師，兼
職做經紀人。動物園後街的酒吧味道濃烈，生意清淡，
但自從他光顧後，天越來越冷，他身子縮小了幾圈，終
於可以不穿衣服鑽進窄門。在最後一部黑白影片的首映
式上，我妹妹不停往大嘴巴裡塞漂亮的小蝌蚪。對了，
我忘了告訴大家，他娶了我妹妹。此刻，他虛坐在角落
裡，大腿和小腿成九十度直角，前面是一架虛構的三角
鋼琴，他管自己叫拉赫曼尼諾夫。

曼哈頓（3）

我醒來，四邊的牆已塌。文森特單腳站在我於夢中替他碼好的一摞紫紅色的磚頭上，腦袋左右擺動，彷彿不是在找平衡，而是在等我醒來，誇他兩句。有人在夏天的深處死勁摁喇叭，街上睡滿海豹，鼾聲如雷。我伸直胳膊，拽住雷尼的浮傘，用腳尖輕點牠們滾圓的身體，不扎破起伏延綿的脂肪組織。文森特的舅舅認識一位裁縫，每天下午自掏腰包去莉莉餐廳的後廚幫忙，深入瞭解內臟結構。幾個月過去，倉庫裡堆滿他替舅舅打的樣。可是，我的船期又一次被大霧耽擱了。

你有其他要調整的嗎？比如運草莓的卡車側翻，窗機重感冒的鼻音，一杯咖啡弄髒的便箋，必須照鏡子走路的南方人——

下午沒事，就是撕紙條。我用一根繩子拴住兩個桶，麵團發好了，手感不好。上個月的雨忙於奔波，沒顧上屋子裡的抽象圖案。我欠了鈕扣一筆糊塗帳，但我不打算結清。本來就是匆匆而過的生活，大可不必反其道而慢下來。什麼自動消失，門敞開著，如入無語之境？

曼哈頓（4）

他必須加快步伐，緊跟影子，別讓它甩掉。它隨時跌出，會被什麼絆倒，在轉角，在擁擠的人流中。你嘀咕著，面對一杯淪陷的冰淇淋。誰偷走了五十歲的鏡子，讓影子無處藏身？

我騎大象到了四十一街，為牠買一杯奶昔。牠在銀幕上撲騰，擴展身型。你到底住在哪裡？熱帶的眼睛裡？還是每一張膠片的定格？（收下，電視天線伸張的信號。後來，我們交換了賦格[*]，我們為一棵水杉詠唱城市的天際線。）他好像一直在街上跑，撞翻咖啡。大塊大塊的紅，不是血跡，你輕聲問爐火，誰從遠東偷運來漆片？

演劇。臨時B角彈奏C的喜劇。極致的梯子只有一檔，天是直的，他還在跑，豎著跑。

狹窄的語言通道，鍛煉影子的速度。但起點的故事，要到他去了火的海灘。早晨，字沙沙地流動，字的定型。或許在早晨似的傍晚，管風琴在參與我們的上升。我覺得是雞尾酒，衣櫃裡，睡著的大提琴繼續睡著。你不再需要提醒自己。夏天。

---

[*]　賦格是一種創作形式，主要特點是相互模仿的聲部以不同的音高，在不同時間點相繼進入。

曼哈頓（5）

我接到通知，去露天廣場收留迷路的羊。牠們沒有腳，但長著犄角。他說，平板車最好，最體現民主精神，而熨斗大廈三角地切進早晨的哆嗦中，我徹底落進裝羊毛的煙缸。

用手帕包好一滴淚。他討厭達利，不是他的性取向，而是那造作的手勢。「你還會聊天嗎？吃著羊角包，讀一本蹩腳的《惡之花》譯本？」我也是有繼父的人，我要打倒他時，堡壘還在堆砌中。

我們最終去到了無人之地。被取消資格的黎明卯足了勁兒敲一塊玻璃，靠，它並不存在！我低頭讀報，下一站上車的人趕著蝴蝶。瞧，翩翩的世界！從程序的完整性方案上，我沒有資格討論鐵路應該切斷還是通達。他在地下一樓的課桌上拆線圈，爆炸是必然，而不是永恆。至少我們逃了出來。我們和他們都難過，因為難過這一關。

其他渠塘正在整理自己不懂的漣漪。擴散，音符假裝對外圍門清。他總是要跑回自己黑暗的心，往往是不可能，他寄給我那些模擬國度，重要的是會計師！

曼哈頓（6）

也沒什麼重要的事情，光牽走了他的狗。也不是他養的狗，他不過是在扔煙頭時想到應該有這麼一條狗，牠應該叫保羅。

我從今天的思慮中抽出一張紅桃三。大家面面相覷，回頭看誰叫保羅，或誰在叫保羅。整個牆壁是棗紅色的，上面浮現過去打鬥留下的痕跡，比如塌鼻子的國王，一天天浮腫，直到他的麵包萎縮成記憶裡的樣子。風暴在堡壘的上空團成一頂黑帽子。他說，星期四早上我可以點兩杯即溶咖啡，替他喝掉。反正他不會上臺，他還在布展的人中間物色提詞人。

幾點二十？對了，我認識三個叫約翰的好朋友。遺憾的是，他請他們從事不同行業。油漆刷到底有點像詞語全部脫落，吐字不清，但賦予了我們面前的事物一種整體性。

現在回頭看，我並沒有錯過他的約會。他在燈柱子下踱來踱去，已經是第五次拍擊空氣了，每一次都非常用力。他要找到那種徒勞的感覺。有人，趁他沒時間回到時間的邊緣，劃掉自己的名字，取消了預定。

路克索

那個賣西紅柿*的小販烏黑濃髮，在晨霧中堅持，代表不退卻的夜。（我覺得他只是碰巧路過白鷺的街，一口苦咖啡葬送了前程。是嗎？）車廂裡，讀報紙的人把他們的假牙統統交給黃昏保管，但實際上，吃米的人無法評價自己的未來。（我還是發急病，坐在頂起的圓杌子上，體會並不成性，體會破亂的程序。）你打錢了嗎？當然，你還有什麼牙吃？作為古人的祖先，我們把釣蒼蠅的餌碼在河邊。他真的不知道自己為何生活在這裡，誰又知道呢？

有一天，風箏很低。巫師與上天的連接差點失敗，因為我喝映豆茶。（終於有人把牙齒的缺陷告訴了女朋友，但她只是一笑，馬上投入到廢片大戰中，如果有的話。）

霍金團隊無精打采，為了讓時間表現。某個蛇形的概念，穿過一片竹林，但渾濁的尼羅河並沒有灌溉屋頂。你知道我在說什麼？你知道你的手掌並不承受我？（好奇怪的距離，居然隔著物種！）

在自由的寫作中，他們不問，我們不答。忘記什麼問答。

---

* 　臺譯：番茄。

郴州

今春的話歇得早。你怎麼知道半導體時代我不結巴？兩
隻受驚的鷓鴣撲棱棱，斜著扎進香樟。好吧，我從頭講
起。一大早，他鋪平一個困擾深夜的念頭，用牙刷一點
點清理床單。黑色的斑影一會兒有規則，一會兒大面積
飄浮在眼皮上方。這種感覺，如同一筆被綁架的財富，
用雙重驚恐壓在邊緣地帶。今晚，他要帶我去一個小劇
場，門票裝在一根晶體管內，特別像我正在完成的任
務。我們將從涼爽開始，逐步建立與演員的對話，而
你必須身兼三職，周遊在語言的表層。假設青年大道堵
車，你作為眼科醫生又看見了什麼？

多棱鏡是一個很好的擺設，幫你擺脫單調的日子。話
說回來，他耳朵裡開花的季節，小調皮正在蛋殼裡翻
跟頭。我把亮度再調高兩檔，幾乎能照見一個滾動的輪
廓。皮膚乾燥，書裡的灰塵，一種氣氛。如果把塑膠
花提前放進冷凍室，或許會大幅度改善表情，或許我寫
字就不發抖了。他說，越南話接近粵語，是不是可以轉
喻，說我們這裡接近越南話？

大冶

鐘錶的圓臉，完美的不準確，你叩叩下巴，聽我說道：
「沒有某些標點符號，我可以撤出我，而淫蕩的鳥聲
捲入一場哭鬥。他鐵了心？在大冶定制了什麼未來？」
好，讓我來分析幾種惶惑的局面。

我預先準備了。雪凝固在枝條上，喜鵲沒喝什麼，卻
裝著喝多了，步下門廊。晚會在窗後繼續，而他孤獨終
老，因為從門廊到遠處的柏樹可以是一生，也可以是室
內冒泡兒的長度。「來檢閱吧，像一個幻影俯視樓下黑
色漫上來，它解體的版本所有權在集體手裡。我們這一
代人哭，然後笑，然後哭笑不得。玻璃從內部瓦解，玻
璃的本性與走在玻璃上的物體無涉。」我挪去物體，水
滴答滴答。

但事情還是發生了，一副全然不顧的架勢，紀念性活動
以切片的形式得以保留。走廊裡，來來往往的人沒有交
頭接耳，反而是他的椅子在吸收灰塵裡的微光。坐在一
堆分類垃圾上，讓郵件砸暈你。可有人遞給我一個金屬
球，它的超級能量以及各種關係的不可想像性。

天水

在平地上，人們是無法想像的。我的老師有名，無字，氣粗：傲是農民的娃兒。年代錯序後，碗裡的土豆自然多了起來。我後來在景點門口遇見他，彷彿又幼稚了幾層，戴著熊貓頭套的耳機。「你怎麼評價普朗克的量子音樂？」我收下他的問卷，天色漸暗，愈發決定我的答案。

我們倆一起爬過山的影子。他腰間繫一根草繩，悶頭走路。那其實根本不是路，是我腦溝裡閃出的折線，與天寒或旱無關。夜只能培養磨牙的習慣。

照理還可以深入，但已經換了主人。老師過去喜歡組織拔河比賽，大家蒙上眼睛，等著分饃饃。剛出門，天就黑了。派他工分時，地上還能撿到石子。「你看顏色深的部分，很快開裂。難為他餓著肚子，心繫天下。」最近，旅行社給我發來補習通知：情況相當不妙，人山人海，你的精準定位需要更新，譬如你的老師。

我在石縫裡搓了搓手，調高抓力。又一場搶人遊戲開始了，收效甚微，讓我很捉急。如果是捉人遊戲呢？老師狡黠地笑了，像一朵牡丹花。

柳園

我已經無法想起那頭牛是如何跑到房頂上的。有人告訴我，我們這裡刮過一夜驚天動地的風，連蟋蟀和老鼠都鑽出洞來，到處找棉絮堵耳朵。我在網上認識一個賣知識的朋友，用一碗拉麵的錢求證昆蟲的聽力系統。他發來一摞圖，非常像岩畫，線條流暢、色彩鮮豔。「你仔細觀察石壁上那些流水的印跡，過去三十年，識琴譜的人無不為之懾服。」

車站每隔一週，就會出現穿粉紅西服的鄉村歌手，戴一條飄揚著唐老鴨圖案的領帶。他們是不同的人，但無一不散發濃濃的草腥味和浩大無邊的憂傷，那種努力保持尊嚴卻輕飄飄的不協調。錯過幾位後，我決定在一個暴風雨將至的黃昏，在站臺上搭好帳篷，鋪好草坪，並掛上條幅：「歡迎來到阿卡迪亞！」站長瞪大鈴鐺般的眼睛，掃視著我的設計方案。「他們來自草原，是來陪我侄子的。每個人陪他半個月，上午吊嗓子，下午看動畫片。不用擔心，他們是天然防雨的。」

那麼，牛是怎麼回事呢？

白銀

軲轆滾過湖邊，一個人工開始。一些橫截面，在平行地參與我的生活（外在或內在）。門太重，略微變形，支撐它的鐵閂極不情願。天尚在襁褓中休整，進入另一種狀態意味著切換頻道，意味著荒蕪將重新洗刷畫面。金縷地。雖然你空口答應打開後的遠景，雖然遙遠如一種新的傷害。人聲，壓扁著，蜜蜂曬乾的軀體蜷成弄髒的字符。一部工業史，攤開在寺廟的條案上。埋伏與沉潛。今天會打雷嗎？就是今天。

溝壑如法令。皮兒森一半的日子搓成小丸子，你一定要輕拿輕放。

怎麼又沒了？鋼卷設計不需要風格，又非零風格。仿製木魚的工匠閑裡偷睡一會兒，就在那樹花下。他的嘴腫了，彷彿做了一個不完整的大頭夢。口水流成湖，媽媽用火辣辣的愛替他擦拭，寧可你多睡一會兒，不被時間蟄傷。

而在狹長地帶的中部，總是瘋狂的天氣在闖禍。我轉啊轉，漩渦的美。榔頭敲下來，偶爾砸破鑼。耳際，商討的風景往後撤，或者是謬戾族集體遷徙。

瓜州

「但有趣多無趣啊?!」說完，他衝我擠擠眼，很得意的
樣子。他從來不說自己的話，每次高談闊論，都會像複
印機掃描時閃爍亮光。

我們站在塔下，看著光就那樣把我們的影子淹沒在塔影
裡。草叢中，似乎有殘舊的氣味，我當時想起了你。他
灰色中山裝的下擺磨損嚴重，如果不是長期向前傾身，
蹭著某樣堅硬的東西，或者多少次被拽著走，我實在難
以想像什麼何以如此不公平地對待同一塊材料。何妨踮
起腳尖，收緊肚子，讓那些念頭飄散在暮色中？

一頭駝背的羊還在懷念年邁的將軍。我撐開另一個蓋
子，閉上左眼，將右眼貼緊瓶口。他彷彿看見了救星，
企鵝般的身軀搖擺著，撞碎瓶壁上的冰；冰渣在墜落的
過程中發出間歇性的音響，彷彿沉思的人時不時遇見自
己的癥結，尖利的喊聲吃了一記悶棍。

繼續建造。草叢中的窸窸窣窣，慢慢長成某種高聳的東
西。我建議你寬容自己的踟躕，夜畢竟來得太快，遠處
的定音鼓在山谷裡滾雷。找扯頭，看不清他的臉。

敦煌

手持燭火的人比魚還虛弱：沙子裡的唾沫。我已經走出
邊界，但還在餐廳裡。你明白我在說什麼。絨布窗簾，
皺褶呈大條形，波浪真的懸垂牆邊，光一頭撲進來，抓
牢每一件銀器。偷換歲月的汗形成月光的鹽漬，一把
把，音符散落，可惜我的腳底板疼，被沙子燙傷。「那
是曲調，但沒有文字。」李希特的普羅高菲夫，要等到
外祖父從散場的人群裡認出借膚之人，我才迅速意識到
龐大的緩慢。

他的視力縮減到眼前，蜥蜴之國。我也伴隨著，一口浴
缸養的無鱗魚，想來必是如此。差點沒暈過去，需要喘
一口長氣，私下裡調整條狀物。輕鬆交換，是我最不用
擔心的。河馬問：夫復何求？牠一個噴嚏打回自己清新
的時刻。你也來試試吧。

他不可講述！對第三方的自我認同，既然這樣，無非那
樣。橋洞下，一群批發思想的小販們無所事事，說起鄉
下翻遍檯子，露天停車場中央鋪滿瓦礫，風迂迴。他們
每個人都往抬頭紋裡抹泥，而我正在猶豫要不要抓一把
剃去的眉毛。

嘉峪關

「塔可夫斯基選擇的路，只有他自己能走。」
　　　　　　　　　——亞歷山大·索科洛夫

於是他讀到了《驛站》。有人在外面討論各種冷面，
風把他們的聲音吹得七零八落。他們來自哪裡？除了這
裡，擁堵隨時發生。河流污染，嗚咽，鳥憐憫飛過的一
切。戲劇性地，我在水面照見廣袤無垠的鄉愁。

「先生，有一匹瘸腿的馬在門口等你，我要請牠進來
嗎？」他從落滿灰塵的地方取下花名冊，打開，手指
輕輕一抹，名字顯現。再一抹，又不見了。白天在空氣
中迴蕩，一個極簡主義風格的舞臺，兩棵枯樹，比人還
瘦，在追逐自己的形體。你把鼓風機關掉，把馬拴在柱
子上，然後從觀眾席裡抱上一捆用作道具的乾草。他的
骨頭深入秋天，他的話語讓開。

這裡需要一番解釋。長驅直入慘敗，雲掛了。我們簡
化了他的名字，取消從下面看不見的部分。（至今，我
們並沒有放棄奢望，面對一張衛星地圖，想像古人的想
像。）你依然能感受到飛沙的力量，我是說，天地狹長
的盡頭，陌生是否可能永恆？

溫縣

落日移格，橙色帽子依次蓋住線裝書的一行。我們一隊人馬，跟在大狗熊後面，逃離了馬戲團，不小心闖進新蓋的家屬區。你為什麼不聽我說？穿條紋睡衣的男孩從二樓的窗玻璃後面向我們揮手，唱針卡了一下，繼續滑行，貓在他的懷裡昏睡。

你的簡歷疏漏了一點，關於出生的時辰，壓在一塊石頭下面，日久生苔。我近來忙於撿落葉，各種尺寸的構樹樹葉，構成《自然方法論》的基礎。

至於遺落在窗臺的手套，難以左右一群闖入者的視野。霧貼著他們的背，濕重彷彿來自自身。我開始懷疑坐在我對面那個讀報的你。醫生說，現在根本沒人讀報，也不存在你這樣的人稱。他說，他會請宇文老師給我補課。

讓他先吹口氣，喝一碗還魂湯，再亮出家譜。我可以繼續躺著，想想東北方向笨拙的山體。我和你都借宿於一粒蒼色的松子，不是嗎？不是空間概念，不是物自身，是一根無名的弦被撥動，如蟄伏於龐大敘事中的脆弱，一個個體的無奈。到此，傳說已然無法獨自證偽。

開羅

我在尼羅河邊喝著咖啡，他們在談論歷史，像在談論一條死蛇，具有隱祕的威脅力和醜陋的殺傷力，但現在已無用，雖然樣子還是可怕的。我的老闆是一位韓國人，深情嚴峻，肌肉緊張，每天雙眼充滿血絲，比法老還憤怒。

有一次，他帶我去酒吧（阿拉，請寬恕我！），自己喝掉一瓶。他深情地望著酒吧舞臺上的獅身人面像，然後轉過頭去，彷彿什麼也沒發生。我用蹩腳的英語說道：「獅子是熱帶動物，這裡以前溫度更高。」他每次聽我說英文，都遲疑片刻，隨即立刻若無其事地說，是的，是的，事情就是這樣。他有一種似是而非的能力。

事情要往前追溯。在機場附近的總統官邸修建前，我們村子裡經常有陌生人路過。一些穿著羽毛做的裙子，臉上畫著蛇和花朵。他們在村口把蘆葦點燃，匍匐在地。真是奇蹟，一隻書裡的神鳥不知從何處飛來，在他們頭上盤旋，而月亮躲進了雲層，不願聽神鳥難聽的尖叫聲。一切都過去了，此刻我在咖啡杯的杯底看著當年的一切。

屯溪

收音機的神祕源頭，夏天茂密的樹葉裡藏著失眠。他們
在睡午覺，我在假裝。這樣說時，涼席用熱毛巾又擦過
一遍，你還是沒來。

記得在河灘上撿拾。很多剪影，與駛向遠處的船隻。你
向我們炫耀那本彩色畫報，紅撲撲的臉，比自己面孔還
大的圖片，驚訝停在那裡。難道是貧瘠所滋生的欲望，
比背影背負更多的內容？屋子裡，唯有無所事事，唯有
牆壁上被放大的斑點。有人認出一條你養的金魚。

好奇怪，竹簍裡只剩下一些夢的殘骸，一些鋪在底下的
稻草。我多麼希望，哪怕是一隻小蟲，用身體頂開門，
在聲音的走廊裡漸漸習慣一個陌生的環境。我去江邊找
你。落日驚呆了匆匆趕路的人。

是這樣嗎？舊時迴蕩的寂靜，被它們拆解，後來沿高壓
線奔湧而至。是這樣嗎？直到你向我講起那些荒唐的往
事，寫在門板上的數字。一段劇情簡介，分明為我們布
置好走線。「停！」等我們緩過神來，你拽一下我，我
們撒腿向前面跑去，想要甩掉心裡發出的那聲喊叫。

第五輯

他的九月是我的七月

桐城

他的九月是我的七月。一張他隨意寫就的字條，我甚至讀到了毀滅性的熱情：昨夜的二手書店爛極，劃黑線的部分陳詞濫調。我試圖從一本被遺忘的書中確立正北方向。可想而知，中心無非是折疊的邊緣。

那是一場盛大的遊行，綿延幾千米，從居巢路拐進烏石路。領頭的雄雞雞冠血紅，毛色發亮，邁著穩健的步伐，控制住節奏。我和你，跟在他後面，腰間挎鼓壓陣。我們午飯時，為了一碗麵的份量和幾成熟，和路邊的師傅磋商了兩個小時，最後達成形而上的統一。作為趨同的個體，我們篩選了可以代表意志的裝束，然後眾籌，去郊區（不要問哪個方向）一家裁縫店定製我們的形象。哈哈，看我的弟弟，穿著塑膠衣服，筆直站立在崗樓上。時間洩漏，如此慢，只有流口水的人才忘了計時。時間是拿大頂的孩子，輕鬆。

夜襲的故事，想要成為膀胱。你轉頭看見牆，那是磚頭。雨讓你紅，撚子*滅了，我甩動的胳膊扔出去想法，而想法這個東西絕對不是幸福。幸福？

---

* 　亦稱「捻兒」。用紙、紗等製成的條形或帶狀物，常作為引火之用。

崇明島

那天雨不大，我沒帶傘，一個人走在創作的木橋上。如果你不是土生土長的本地人，你在地圖上找不到它，網上也查不到任何關於它的信息。我們這些從未離開這裡的人都知道它在哪裡，但我們之間似乎有默契，從來不談論它。如果有人產生了想說它的衝動，他會突然非常口渴，嗓子眼冒火，不得不找水喝。那種衝動隨著渴意消失而不見，像一個氣泡裂開，無影無蹤。它彷彿是一種地方性的生理隱痛，只要離開這裡，就會神奇般地不復存在，得到徹底治癒。

今年二月出奇地漫長。窗臺上，水仙停留在將開未開之間。有一天，我收到一個快遞，是小學同學Z從林芝寄來的，裡面有一大一小兩個密封袋，大的裝著兩張空白的紙，一張明顯被水洇過，另一張雪白平整。小的裡面是他的照片。他站在一片冰川前，還是那個開心果的樣子。照片背面是他大大咧咧的字體：「我居然用火點燃了億年的冰，太他媽神奇了，我寫在另一張紙上的字溶化蒸發，不翼而飛。　Z於永恆的夜。」

肇慶

安特衛普的孩子坐在陽光下。街景在流逝，像音符。那
一年，我三歲，開始認知自己，無意識地。有一天，我
尿褲子了，他們領著我在粗鐵絲上蹣跚。一頭雪白腦袋
的豬，從灌木叢中復活。我已經埋掉未來，隔壁的老人
用色劑碼出一排字體，然後我們靠自己解決自己。

還有什麼？一個未來背罵名的人型誕生。我如何衡量？
一則歡喜，一則喜歡。區別？天與人，其實順序次要。

去到咖啡店，我的寵物鸚鵡給自己點了一杯美式，轉
頭望著我。玻璃窗在過濾一天的純淨，四方，如不在。
緩慢的空搖，聚焦到一片，而歌劇裡的女高音引著我上
升，被撕破的蔚藍和淡淡的雲。

故事總是要像骰子一樣滾動。在成長的年齡裡，酒吧出
現，人臉，調酒師的手，我坐在她身邊。我想替她削去
骰子的一面。

老胡在半山腰截住氣球，勸我住進去：「湖光與山氣，
我不會只選一樣。」我們是藍氣球的執迷者。我們破執
的方式有七種，你猜哪一種都行。

圖賓根

用不著了。沒人穿過樹林，回到自己的家。光，錫箔紙一樣浮起路面。他和她談話時，背後是淹沒眾人的笑聲。海把懸崖推起，在北方的助力下。那可能只是一種懸念，並不是廣場上詠唱的部分。

我走進去，仰頭。灰塵的顆粒在刺目的明亮裡舞動。一股燃燒的味道，詞語與空氣的對撞。他於是坐下，臺階有點涼，但畢竟是五月了。跑步的人動作相當現代，讓我有一絲詫異。這裡過去來過很多人，餐廳門口，挺著肚子的他已經是另一個他不認識的人。他在微笑，向停下來又跑走的人揮手。我記得你告訴過她，因為偶遇的命運，我們都滯留在若即若離的恍惚中。撕一塊麵包蘸酒，一種饑渴，套在模子裡。我難道還要在山風中趕路，追回自己的一件舊雨衣嗎？

肩膀仿製了大地的拱起，或兩岸的坡度。從一個網站，她來到每個人的身邊，顛覆了左右的關係。不知從哪裡，他偷來羽毛，我把煤塊磨完，黑夜抬起白紙。我的愚蠢到了不可理喻的程度，像一隻烤焦的鴨子。

德州

起風了。這不是他第一次，也不是最後一次出門。我們在鋼化玻璃的拼音裡注入某種平滑的韌性，他愣了一下，決定不戴耳機。鵝掌楸*剛發新芽，自己曾有過暈眩的童年，在船上縱情地笑，直到手執閃電的龍躍下屋簷，房子在岸上張開大口，吃掉穿風衣的人。梳頭，動作貧瘠，松針滿地。

世界在同時發生。我聽見剪刀剪水，漏下泥沙。吹乾後，他蹲著，尋找那些微弱的晶體。我翻看一本別人的日記，更清楚自己多麼無聊。第二學期，像憋著哈欠的下午三點，黃昏開始顯形。他一個人在操場閒逛，遇見吹口哨的天氣。

——你可認識碗底上的字？
——你知道我出門沒戴耳機。一位老人在詞義場裡，笑嘻嘻地擺弄火柴棒。

生成。生成。比卡門明明——他卡在那裡。從流落的歧義裡，誕生鵝黃的綠。

終於可以平視自己的下巴，而當年只有櫃檯高。現在好了，不必再糾纏什麼，只要住在有回聲的房間裡，牆上掛一把老式的鑰匙，但比實際尺寸大一百倍。我說是紙糊的。

---

* 　又名馬褂木，樹形與楸樹相似，為中國的珍稀樹種。

鞍山

他有一個小心翼翼的領子。標準像上午，主任繞著圍牆，檢查野草（順便治自己的鼻炎）。

我懷抱蓖麻，走上講臺。

假使口令統一，麻雀齊嘩嘩落網，每一塊磚頭上寫著不同用處：基礎、武器、長寬高、未知，等等。

當它們是詞語。

屏幕的亮度與這裡無關。高度近視與這裡弱關聯。主任姓關還是複姓，你去把相框扶正，直接改幾個說明書上的參數。小心，不要吵醒桌子上的蝸牛。（我耐心等待殼上光澤隱去，文物局來人。據說朝代更替，只是他們不說而已。高手低首，輕輕咳嗽一聲。）我無法企及。

脆薄紙面，一座睡城在呼吸。離車間越近，中午的輪廓越清晰好看。我是後來意識到的，像欄杆上的蜘蛛網，而那明顯是錯覺的東西，卻言之鑿鑿。

實在不好意思不做點什麼，我們去了千山。他非要在半途下車，說樹幹上刻著俄文。一輛舊吉普，我就坐在他對面。我好奇他如何知曉外面的人文和風景。我們都喝了點小燒，睏得不行。

廊坊（2）

我已無從發明自己，當然，如果你願意扶起自己，站在
我的位置上。

盛夏，暴雨後，水統統蒸發。肩膀灼傷，隔著的確良*襯
衫，他的老師鼓勵他走出陰影。碩大的明亮，像一個球
爆炸了。錶盤上，時針與分針重疊；每當這個時刻，我
學著唱兒歌。

霸縣舅舅領我去東方大學城。好滑稽，竟然沒有狗尾巴
的課程。我手裡的鏈條有金屬屬性，但還是軟弱的。一
是一，這個解脫嗎？

我需要把目前的困境量化，說他的憂傷來自於平衡後的
碳水化合物。

收集了未來。我還能說什麼？回頭看的同窗，給我分享
了邊緣政治裡的巧合：一隻黑白相間的豬弄錯了豬圈的
地理位置，牠在想念三合板和瓦楞紙。

我出生的村莊一身彩妝，舅舅在一塊移動的黑板上描
述他的夢。下雨是一件糟糕的事，一卷浸水的手紙。
圍牆保護著廢磚和荒草，牽牛花。這些都是往事的最後
形態，等著讓位。一座巨大的綜合體收留了我們每一個
人，我們這些郊區的野孩子。

---

* 的確良，一種化學纖維，通常做襯衫使用。

三鳥倉

妯娌倆在射鳥山腳下挖到鐵蛋那天，阿黃被大公雞追殺，不得不跳進表面黏稠碧綠的水塘。我們村有十幾條叫阿黃的狗，這裡特指他家的那條，個頭比大公雞矮，動作遲鈍，但喜歡混在母雞堆裡。

我這個故事不是關於他的，也不是關於他家阿黃的。從敘事學角度，旱芹和天胡荽早應該出場。三方力量一不小心，不得不依賴植物進行協調。也就是說，拖拉機不許停在路邊，一車西瓜的話，入秋後，需要搭配一些其他根鬚齊全的。但問題是，我往沙發布上潑了些過期的顏料，效果還蠻不錯的。文字的肌理揉搓幾遍，漸漸呈現出不假思索的效果。自然主義風格的作品裡，花花草草捏不出汁，反而不如古典主義的塑膠布。按理，他的委託人也參與了登山活動，而變色龍計劃比事情進展迅速。

又回到一個不可逆轉的結。瓷缸，安迪·沃霍爾的胸像，馬在畫冊裡昂起頭，而埃里溫的臺階上坐著中亞的黃昏。我手裡拿著地圖，指給你看樹冠上的風箏。它掛在那裡很久了。

張北

木柵欄後面，人影否定了時間的設置。上次來是三月底，唱片封套的背景：劣質水泥臺上，雪水的殘痕，你要找的感覺被提前打破：一首歌未必有一個結尾。

你應該收到了一張過期的請柬。我們院子的構造是按郵局規劃的，他低頭推一輛破二八，繞過那些泥坑。電線杆的影子讀著牆上的標語：爭取——實現——嚴禁，袖手側身的父親幾天沒刮鬍子了，像貼了很久的小廣告。至於多久，我實在說不出來。

去山裡撿柴，一路遇見施工隊，一群被歷史改寫的逃兵。當年毛巾脫銷，他們沒來得及從報紙上下來，氈房*溝必須面對徹底荒涼的美。是的，我認為你沒說錯。

輪到語義分析。天氣乾燥，爐膛裡愈發熱烈，他後背癢癢，望著門外。（他是誰？在遠離中心的評價系統裡，清晰與遺忘如兩峰對峙。）他從眯縫中摳出一些人形，有胳膊有腿，有大腦瓜，就是沒嘴。他突然想去關門，可是腿發麻。我替他檢查門背後，看見一隻小蜥蜴嚇呆了*，一動个動停在那裡。

---

*　氈房，遊牧民族哈薩克族的活動房屋，類似於蒙古包。

老虎橋

他正要開第三張方子，我一把摁住。什麼？神經元。
街邊，黑乎乎的頂棚上蹲著穿錯字母的表象。你用手背
抹去淚，並不證明你有一手。恰恰相反，你有兩隻手。
（合唱團的指揮從不露面，撚動比珠子大的意志。槐花
滿街，香氣讓你打了不下五個噴嚏。現在不再流行有人
領唱，機器貓組團去參觀他的故居。）

我的贖回靠誤記增值。一隻空罐頭翻來覆去，一雙腳無
所事事。布裁開，再裁開，最後關心的話題縫進針線。
每次，尤其是大廳裡陰涼，你攥緊褲兜裡不安的玻璃彈
球，追憶那些折角的邊緣。誰空手過來，給你毛栗子吃？

「實際上，他沒看上那把蒲扇。他講個笑話，你莫當
真。內心出汗，皂衫寬鬆，隱隱作痛，如童子木訥的反
應。你猜我前世是什麼？棄子啊，棄子！且掩上門，聽
完這回書！」

熬過去了，還有一劫。他跌倒在屋裡，蜘蛛蕩下來，
劃過他的左頰。老太太早說過，他拗不過自己。瓜皮餿
了，整盤皆輸。悶熱天氣如他早料到的那樣。

科爾托納

我們還沒坐定，他就拿著厚厚一本菜單跑過來。在這個遊客如織的古城，他滾圓的下巴，驚魂未定的眼神，擠出來的微笑，還未開口就氣喘吁吁的樣子，足以證明他不是土生土長的本地人，有可能還過著漂泊不定的生活。

「你有一百多歲了吧？」我沒抑制住自己的好奇心。他兩腮僵硬，動作古板，但非常有禮貌。跑堂不僅是他的命運，也是他的使命。穿越不同政府的疆域，不同時代的變化，靠背井離鄉、不穩定的收入和一顆服務的心，他在堅守一種傳統。「我知道您不放心，但請您放心，我不會認為這個問題是一種羞辱。我有五個孩子，老大昨天剛過完十一歲生日。幸虧阿爾貝托的表弟有空幫我盯班。」他的手背上有劃傷的痕跡，但沒有褶皺。

一束光突然照亮斜對面客人的銀髮。她快八十了，長得像我的母親，但衣著更講究。有一次，從電影院回來，她牽著我的小手，走在月光下。她身上的銀飾，反射出那個年代的感覺。我是一個異鄉人，她不是我的母親。

多倫多

墊子上的舞蹈。休止符：插入對話。在我沒去過的地方，你存在於屏幕上，不是作為錫克族的後代。花底裙子，胳膊舞成暈眩的攪拌機。她叫秀。

《牛奶》溢出，講到兩種綻開方式：一、粉紅底的蜀葵，光透度以及絹綢，肉體的柔和儘量配合激情四射，而她還是語速太快，以至於我要借助耳塞。採棉花的手，比著看誰先醉翻；二、蜜的形成是流淌，是答題的人壓低聲音；春光隔水，磨著渾圓一塊卵石。白色的哺乳的石頭搬不動，她無法去水中朗誦。

「我應推遲回答並停留於問題。」瓶蓋翻過來，儲蜜。各種。無法返回蜂巢的飛行，一圈圈徒勞地轉。等你找到人，天已漆黑一團。

普通的本性被挑開，木板打蠟，閥門失效。你說我如何蕩悠在滑音和爆破音之間，還假裝沒事？她趁天麻麻亮，洗淨床單，從房頂上拋下。水漫上來，抬高了舞臺。

「我撕一片試試看。我從橋上走過時，完全沒想到它有多高，也不想知道。他們晃晃悠悠從對面走來。」

江津

讓我試圖描述這樣一個下午：未來或然的調酒師（先
用劃掉來標出未來，如同倒空酒，酒瓶才開始作為自己
存在。）甩開頭髮，一腳少年，一腳青春。疲弱的綠披
垂，緊張感被觀看的欲望吸進去，俯身難免有點自欺欺
人。或者不是，俯通附。你看，他直直站著，占去我大
半個下午。

一根鋼釺由於自重，兩頭彎垂，並非故意地詩意。你犯
不著舉起槍的同時閉上眼睛，一種說明書的文體很適合
這裡。要真正做到，我乾脆忽略那隻踏空的腳。意義怎
麼通過姿勢顯影，而不是相反？

三點十分。順便哪個下午，他的腳底開裂，爬過一片廢
墟的天空，終於挫敗了透視感。一隊落伍的選手，自帶
口糧，流浪到碼頭。他們中誰也不敢去解開纜繩，放龍
舟入水。

夏天出現在甲板上純粹是偶然。

但必須求助於四點的舌苔，一張圖片提取的自動捲筆
刀。讓我試圖解釋腳底的泥，比如溜溜達達了大半輩
子，懸崖依舊高聳在脖子上。我伸手去摸，他用胳膊擋
開。江心渾濁，蕩開。

瀶溝崴*

外面很暗，我下意識摘下眼鏡。時間大概是去年入秋。
這是我第三次輸掉視力，不得不長期躲進某種庇護。

兩個背很高的人站在人行道上交談，口氣極重。我在牙
科診所破陋的房間裡見過他們。我給博士送去各項雜費
的帳單，其中最大一筆是芥末品鑒會邀請函的打印費。
我打量著診所骯髒的壁紙，視線被水淹過的痕跡所吸
引：一匹斷翅的馬，鼻子上的吊環與那張臉明顯不屬同
一個時代，墜落的羽毛在燃燒。他們倆當時就坐在幾乎
塌陷到地面的舊沙發上，龐大的身軀和壓抑的氣氛，讓
天花板顯得更加低矮，彷彿隨時會砸下來。

我是戰俘的兒子，獨自一人住在海邊的帳篷裡。博士
對我很好，經常送我便宜的伏特加。我有時會請看海的
遊客進來喝上一杯，隨便聊點什麼。我並不寂寞。每天
夜裡，我都能聽到馬的嘶吼、嘈雜的人聲和火車的鳴笛
聲。它們有時同時出現，有時此起彼伏。我好像站在一
個小土包上。荒蕪的夜生機勃勃，我腳下發虛，如踩著
一件捲起的舊大衣。

---

* 　今俄羅斯納霍德卡。此地原為清朝的領土「瀶溝崴」，於1860
　年被割讓予俄羅斯。

朝陽

他成功地讓我偷走了他的鸚鵡螺。「每個人都有一兩件最後成為精神負擔的寶貝，」他語速極慢，而且不時停頓一下，確保我聽懂了他的每一個字。「我小時候不懂事，經常鑽進家屬區附近的山洞，藏在裡面，直到天黑，姐姐在外面扯著嗓子喊我的名字。她比我大五歲，但膽子特別小。有一次我硬拉她進去，她嚇得摔倒在地，額頭上磕出一個大包。」他的眼神開始迷離，我藉口出去抽一根煙，及時把他從陷入陰影的回憶中拽回來。

我並不認識他。從家鄉坐火車南下，途經朝陽時，我聽到後座有人哼哼皮特·西格的〈那些花兒都去了哪裡？〉，一下子憂傷起來。我想都沒想，拎起行李箱下了車。初夏的天氣，涼爽，愜意；我帶著隨時走丟的渴望，彷彿是飄著走進了陌生的世界。我的箱子裡只有一件內褲、一件外衣、一把牙刷和一把刮鬍刀。他當時坐在街邊，正表演吃蟲子。他一口吞下兩條菜青蟲，站起來攔住我：「快打來箱子，蛾子要孵出來了。」於是就有了後面的鸚鵡螺事件。

合作

西北風轉東南風那天，事情特別邪性。我坐在一把生鏽
的玩具手槍上，聽見不遠處「砰」的一聲，三隻喜鵲以
等邊三角形的陣型，垂直劃過他的畫布，不見了。這是
他的廣場首展中最亮麗的一筆，自然為他增添了烏紅的
色彩。

大家還在午睡，沒什麼觀眾，他本人也不在場。我為
他策劃了一尊真人大小的石膏像，立在廣場中心的噴泉
池裡。節水辦老劉私信我：你聽見「砰」的一聲了？我
婆娘說她手背上的痦子癢了下去，她願意認你做親家。
我沒有回，默默地看著風在積滿灰塵的地上寫出一個
「回」字。

老劉是我們班上的烏鴉嘴。一次聚會，他遲到了。我
們正吵得面紅耳赤，他一個人無趣地蹲在門檻上，捏自
己的酒糟鼻子玩兒。一條毛色不純正的野狗，遠遠跑過
來，羞怯地問他誰最有出息。他回頭，嘟嚷了一句：那
個禿子會淪落為藝術家。我們開始玩搶帽子遊戲。因為
連續炸了兩個燈泡，大家不得不打開手機的電筒，老劉
的影子在我們臉上晃動。我們知道他早已知趣地走開。

公安

躍過房頂，視線被茂密的綠樹擋住。樹依次升高，可以想見，辦公樓背後是一個山坡，就像我現在站立的地方。剛才在亭子裡依偎著的情侶，有點不捨，又有點憎怨，收拾起屁股下的報紙走了。他們把報紙疊得嘩啦啦響，明顯是在抗議我的出現和佇立良久。晚風送來一陣寒意，我在期待著對面三樓的那個人從座位上起身，來關窗戶。三年前，我就坐在他現在坐著的座位上，喝茶，在屏幕上接龍，打幾個無聊的電話，然後關窗、滅燈，投入茫茫的黑夜。

在有光的地方，我是無形的。西服，中山裝，還是T恤，只是穿給自己看的。漆黑一團時，我通體發出綠光，像一株移動的植物。我最初是黑色的，靠墨汁維生。自從有了印刷術，我決定返回最原始的存在方式。那對情侶頭腦發昏，沒有仔細觀察我，沒有耐心去發現，只要他們長時間盯著我看，我便會自動消失，遁入無形。當他們擯除了情感困擾，讓自己的聽覺完全進入真空狀態，他們會聽見我像草木那樣呼吸。

榆林

發言那天，我病了。椅子上有一灘水。服務員光顧著欣賞自己新買的鞋，不小心水溢出杯子。我踹掉被子，努力掙扎，還是無法發出聲。單隻棉鞋自己在走路，越走越大，人陷在裡面，動彈不得。被鞋超越的人，鼓掌聲也淹沒在裡面，但與她毫不相關。她買的是皮鞋，紅得像熟透的柿子。我想說，他們不用等我，他們可以將空氣中震動的回音當作是時間的殘留，比如，前天在布置會議室時，一切都被記錄下來，紙片般的白光發生自燃，然後是劈啪作響，空白發生倒塌。

他們還是捅破了那層紙。今年是小年。《作物栽培技術》東拼西湊，內容空泛，作者是集體。籌備小組在我虛弱的時候，決定由我宣貫，但批准我以缺席的方式發言。因為經費有限，他們請第九小學三年級二班的同學，用鉛筆將我的腹稿謄寫在打好格子的作業本上，發給路邊的小販。我早就猜到，一件不會真實發生的事情，一定會有驚人的效果。合作社摘牌後，我從他們的抽屜裡翻出來一大堆錯別字。

句容

村長無私地占據著池塘，他的語言沒有。那是他的所有，不是靈魂和肉體，而是它們之外的語言。「我來自埃及。他們考證過了，用DNA檢測。你看我的捲髮！」他故意沒有提及家裡的染髮劑。

六個月並非兩個季度。它們有重合，也有分岔。我是分岔專家，動物的臀部是完美的研究範式*。但這個奇怪的時代，或者已經幾個世紀，基礎問題被忽略，幾何學家，一個疊一個，構成思考的層次。奶茶店門外不是門外漢，泡泡糖內心被摧毀。我去村長家喝茶，他剛偷筍回來，把纖維袋一扔，裝作什麼也沒發生：「好的！好的！十二塊錢，哪裡去找北京人說的那麼多鋼鏰兒？」

所謂城市包圍農村，槓桿原理被批判，而不稱職的寵物在摧毀字母表。他說了什麼？他如何滿血復活？我記得我們把顆粒狀的雲和觀念裝進一個竹筒。事先打磨處理過的表面刷成銀色，再上好清漆，據說這樣的竹筒能把它們搖均勻。我從井底撈起豆腐，放在魚形模裡。我差點忘記燒掉村長之夜。

---

*　典範。

馬拉威

世紀末的縮寫，大寫後，進入偽斯瓦希里語系統。他來過電話。之前，他思維縝密，用腦電波發信息給我，可惜我的接受系統太差，很少能準時出現在電話亭裡，並準備白玫瑰，遞給維持排隊秩序的詹姆斯。他一邊和他的袖珍收音機說話，順便聊起我的價值（不是價格），一邊數辮子打的結。他的母親回到部落後，經歷了兔唇、禿頭和陰陽臉。與最近來自東方的投資方不同，辮子上爬著蚯蚓——他那天在做引體向上，無的重心垂懸，晃動著，晃動著，幫我抵禦對他的想像。

再次見面，日子走到了新的起點。他用吸管喝著冰咖啡，喉嚨裡發出暢快的聲響。我隔著窗玻璃，和他交談。「安得促席，說彼平生。」關門的那一剎那，我差點看見自己轉身去街對面的超市買一瓶礦泉水，澆在頭上，然後走進餐廳，往空瓶子裡裝鯉魚的眼淚。「我知道這麼多年你不容易，你一直在等待這一天，但你知道，和太平洋一樣，印度洋是一個巨大的魚缸。」他跳到桌子上，像兔子那樣抱著自己。

龍泉驛

鋪好鮮花圖案的毯子，四邊本應該用磚頭壓住，但順子的包不夠大，只裝了三塊磚頭。他有溝通障礙症，這個我們都知道，卻不能明說。我叫德哥去附近的商店裡買一樣性價比最高的固體，她說，你坐在一個角上不動不就得了？德哥是德嫂屋裡的，口直心快，不像德嫂那樣，說話覥腆，我們研究所唯一的白面書生。

事情來得不是時候。德嫂正忙於工作。他計劃用鉛筆覆蓋原來用粉筆抄在牆上的《死水微瀾》，而且全部還原成繁體字。我敲了敲中間的柱子，提醒他裡面是空的。「嗯，」語氣詞是他最慷慨的表達方式。他比我早幾年加入正經研究所。德哥每天風風火火，幫所裡籌錢，還要跟蹤順子的野外項目，記錄養蜂人在草地上的午餐。

寫到這裡，我必須中斷一下。我跑通勤，住在簡陽的下水道值班室裡，患有嚴重的觀影後憂鬱症。有一陣，我管誰都叫愛德華，並封自己為愛德華一世。那段時間很精彩，可是後來出現了愛德華八十七。他來自大同，喜歡吃頭髮。

高淳

賣掉鋼筆三年後，我的手指產生了新的意義。草書（就是潦草的草）有時艱難，完全可以理解。我問過書法家（他應該是正宗的，姓崔），他笑笑，夾給我一塊素雞：「最近湖水清澈，我前妻敢下水了。我女兒因為下水道堵塞，找我上門維修。誰叫我疼她呢？」

我沒見過萬事通的書法家，我沏茶時，茶葉漂浮，上上下下，旋轉彈跳，是道！是自然的力量！那個晚上，她跳著皮筋，把月輝吸納進白色的裙子。我推刨子的下午，刨花翻騰，飛不起來，又輕飄飄。他收集了幾卷可以寫字的，但我沒有把鋼筆賣給他。

現在輪到下家說話。省略，錯筆（不是犯錯的錯），醉後興奮（一定要興奮，入定鬼才信？他們要信我，因為癡迷的興奮讓我飛了起來），對不對？

我外甥比我大兩歲。他在客廳裡鋪開宣紙，從掃帚上拔了幾根鬍鬚。我養了很久的烏賊魚端上檯面，熟能生（巧），生絕對可以熟，但真是太拙了。前面寫到的「道」，不一定是為後來的道縣埋下伏筆。

赤峰

我們在抽屜後面養了很多次生蟲。你可能要問牠們長什麼樣，有多少品種，但答案永遠比問題次要。驚蟄過後，牙齦浮腫的史老師放下教鞭，摩挲著前額，無限感慨地講述了沙化的進展速度。自然的智慧以一種相當笨拙的方式外化，兩個逃學的孩子無意中闖進他的內心獨白：「我說轉三圈，保證不會轉一圈。我朝語言的方向瞄準，但不射擊。我瞇眼了。」

樓下的遊行隊伍連續彩排一週，他整理好陽臺，撕下幾片白菜幫子。以後，新華小區會有更多刺蝟跑來跑去，可是要我迷上連環套，他的教材需要更新到第九版。

問題來了。由誰每天洗沙子？小賣部的電視正在播天氣預報，莫斯科陰天，倫敦陰天，馬德里陰陽怪氣（？），你還不把煙掐了？這裡沙子多，火災頻繁，我們總覺得它們之間可以建立某種關聯，可惜時間匱乏，只夠養幾條次生蟲。

或者，記住你的逃跑計劃：從昭烏達路，經解放路，轉寧瀾南路，到八里鋪北街。史老師背著我追上來了！

甪直

估計他們也懂了。紛紛揚揚的情緒，比雪還稀罕。這裡，早上掃雪的大爺很失望，如此微薄，就是差事。船篷下，七姑呵著手問我，爸爸給你買的手套呢？

天空彎成拱形，我無淚。眺望屋頂，天線杆擾亂了地平線，蘑菇茂盛。氽燙，我在水裡種了思念，種了滿天的繁星。稀缺？我的六個姑姑，四個死了。徒勞的軀體做幾個來回，不濺出一滴，哪怕是門第不賴的。

報紙刷了屏。我的表面文章連《紐約客》都嫌棄，可是啊，可是！是它嫌棄。

我父親是他父親，我們不是兄弟。這裡面的關係扭了八道彎。老太太吃柿餅，老太太吃西瓜霜，一西一北，我把水潑在門前，我們可以一起唱江南小調，咿呀啊，摧垮神的意志。

當年買舟，跟我去的管家一路磕疼我。他年齡偏肥，義大利遊客撐著油紙傘，把發明權力還給發言的。

如何衝到冬天，我和他討論了將近兩個小時。雨一直在下，窗簾飄出去，又飄回。我採的蘑菇一片灰白，我把彩色的畫在窗簾上。

菲斯滕費爾德布魯克

他聽見我悶悶地砸在草上。他正在削蘋果,手腕向內輕輕使力,心思飄到不確定原理上。如果沒有馬廄,沒有尼山上的無稽之談,我們的生活會乏味地甜蜜。事情過了很久,大家不願觸碰,像家裡的醜聞。

掙脫莖幹,是與母體(或寄生於她體內的父體)告別。雨後,草腥味被壓抑了,但腐爛開始。她走路時,不停用雙手比劃著一塊四乘四的玻璃。它真的存在,不單純可以用透明來解釋,包括尺寸的可量化。我向下穿越,一塊又一塊,如入草地的迷失。

其實都明白,就是不願捅破。真的嗎?像真維斯?鑒於我的本質,我和同類生長時,根本無法看見他穿著舶來品,推著除草機,在餘暉中走近。保羅·格雷漢姆有一雙幾乎和我們一樣大的眼睛。我們圓圓的,永遠睜開自己,在掙脫之前。

他給自己又倒了一杯卡爾瓦多斯。他參加過諾曼第旅行團,從迪耶普眺望對岸,竟然想到科學和宗教。他後來放棄了,而我沒有,繼續爛下去。

威海

作為自行顯現者，船長不說話。沙灘等到半夜，月亮沒來。我把眼前的瓜子皮扒拉到檯燈下，我們之間的沉默又陷下去幾寸。「我交給他們一本航海日誌，是用海螺裡的回聲寫的，旅遊景點到處可以買到的那種，沖洗得乾乾淨淨，極其無聊。」他一口悶下去杯中殘酒，裡面的銀光穿過他的喉嚨，像一道閃電。

蝦皮一樣的語言泡沫蕩漾。

我被杜撰後，一個人在高德地圖上轉悠。地位卑微，蝦兵蟹將中吐泡沫的蟹將好不容易把自己挪出了沙灘。要下雨了，牠的殼兒發青。這可能和天氣完全無關，但卻難以分割。所有的生物，全部光影，難道必須將自己最好的部分存進檔案館的地下室？

船長睡著了，雷聲隆起。羽毛筆輕盈地記錄那一場文字災難。何必爭那些油性皮膚、高鼻樑、外八字的走路方式？

船長用食指捅了捅夏天肥美的腰，雲豐富起來。但願他手下的醉鬼仰著頭，望見我的軌跡。雲散了，海貯藏了幽幽的夜光。浩大的一瞬間，我幾乎背叛了他。

豐潤

外面在放鞭炮，我在敲碗，用一根吸管。他去給我取筷子了，我在敲他的碗，印著當年字樣的搪瓷碗。我們建議他當作文物捐給大眾博物館。他把報紙捲成筒狀，使勁敲我的頭頂：「你給我建一個去！」

我和他在曹雪芹東道租了間門臉房，經營時間差。比如，小孩鞋帶快鬆了，我們免費給領著他的大人一面鏡子，讓他每隔五分鐘照一下自己的臉。他滿臉狐疑地接過。他的情緒嚴重影響到天氣。街上，而且只是我們門口這條街，突然狂風大作，不知從哪裡跑出來許多小孩，個個赤著雙腳。他眼睜睜看著自己牽著的孩子被什麼絆倒，鏡子發黑，在手裡越來越重。

讓我換一個更恰當的例子。有一年大旱，唇膏脫銷，膠水也告罄。我們提前進了很多舊書刊，將它們加工成紙條。其實就是用手撕。它們成功地填充了越來越多的裂縫。一個手疼胳膊酸的夜晚，我自己買了幾條綿軟的，去擦下嘴唇上的血。他記好帳，用開玩笑的口吻說：「如果明天屏幕爆炸，我們有什麼機會？」

洛陽

我在花園裡找到四樣東西：一朵玫瑰的照片，發烏的單片眼鏡，一個象徵永恆的字，故事在藤蔓上的線索。我的岳父失眠很久了，只比他的失敗少一個月。那一個月，經常有人夜裡看見驢子閃爍綠光，緩緩走過寫作者的窗前。薔薇、丁香，還有一些其他叫不出名字的花，在雨水裡啜泣。他說，倘若我不做夢，這個城市的影館無法照常營業。

——你往北走，老師會在一個洞穴裡等你。
——朝代的雪覆蓋了山丘，我們都沒有錯，但是誰挪動
　　了園丁的腳步？我在一本雜誌上讀到花瓣的記事
　　本，穀雨飽滿，霜降萎靡，但出征的人握住妻子的
　　手：手帕、頭巾、皂靴，其餘的是字跡模糊的夜。

隔著河水，我收拾園子。光斜著壓住浪，粼粼的。簡單的邏輯竟然如此破壞圖紙難以征服的氣勢；四洩者，歸入山林。

——我們視周邊為另一種威脅。這是正常的。當然，我
　　不會再去花園。

依稀記得有一張照片，大家在喝普燕，顯得稍微高級一點。

說什麼的人此刻迷失在哪裡？

懷來

一堆沙子。兩堆。第三堆是不遠處雲的廢墟。

你抹去蛛網黏稠的感覺，在乾燥的空氣裡伸出手，晾曬那件虛幻的上衣。他替你挑著杆子。地上樹葉的碎影稀稀落落，變幻各種組合。

我決定追蹤一隻袖珍蜥蜴，從磨矮的門欄，越過不能坐的小馬紮，倚牆的大掃帚，上到蒙塵的磚縫間。再上面，東倒西歪的字體，不記錄任何東西。

大車的轟鳴終夜未停。這兩年，蓋了又拆，你早已習慣如何解體一個概念，如何在一缸渾水裡養魚。他揪著我的脖領子，認地上那些錯字。可是我明明看見你衣袍拖地，像一個沒落的仙人，在角落裡伺候仙人掌。

無所指歸。你是說我嗎？我是說踩空臺階的驚嚇，如山門吱呀一聲，山人一閃身，換成你。老木匠病纏身，很久沒有徒弟上門，哪還有什麼潛臺詞？

這裡過路的多，去了逐鹿。也有去下花園的，但不是什麼人都有這個福分。好像是一個多雲天，螞蟻爬滿一棵倒下的槐樹。他去後院向主人討一碗水，我替你匆匆記下一筆。

桃園

商場建成，是一座三進院落。我在門口負責發放免費的入場券，但領取的人必須讓我剪去一個衣角。絕大多數盛裝來的人猶豫再三後，決定返回。留下的不是衣服破舊的，就是上衣緊繃或過於肥大的。有一位莽漢，打著赤膊，一臉憨笑湊近來。看見我束手無策，他轉過身去，亮給我看他的後背，上面用墨汁寫著大大的「欠」字。

可想而知，試營業第一天生意清淡，賣的最多的是針頭線腦。董事長由此得出一個結論：這是一座家庭和睦的城市，但缺乏想像力。董事長今年八十六，臉大嘴大。他的面前總是放著一個臉盆，裡面水光蕩漾，折射出他的光輝思想。他的外孫女，也就是我未來的岳母，負責落實他的經營理念。商場第三進院落裡堆滿彩蛋，保證每一位客人都能參與「驚喜一刻」的環節，用腦袋磕破彩蛋，得到一份終身幸福的保險。

商場後來改過幾次名字，但用衣角換入場券的規定不變，所以下雨天總是人滿為患。剪了一天塑膠雨衣，我深刻體會到了虛無的力量。

池州

院子的正西頭，舞臺已搭好，演員們也到場了，而觀眾們還在路上。或者正好相反。今天唱的兩齣戲，皆需演員配合觀眾：時間的顛倒和空間的挪移。黃昏時分，他們推給我一個骰盅，表面光澤鮮亮，證明裡面漆黑一團。下面壓著一紙說明，介紹其中一個角色：窮書生某，骨骼清奇，趕考途中遇見若干年後的自己，寄居桑樹巔，不食不寢，終日吟哦。我恰巧搖出了三二一，那張紙化為白鷺，剩下我兀自在田埂上呆坐。

琴師戴茶色眼鏡，正翻看家譜。他用右手小指勾起小道士的回憶。分明是他被人拐走的堂兄，挑一副擔子，一頭是尋親的戲，另一頭是內心恍恍若失的獨白。我用棒球帽去扣一隻淺黃蝴蝶，差點得手。幸虧沒有。

也確實是若干年前，你闖入一篇文筆簡陋的故事概要：光緒年間，消息紛紛傳來，有好有壞。某日晴和，讀書讀到索然無味，他去老街上買一包蠶豆。我拎一面鑼，押解著自己離索的影子，與他撞個滿懷。寫到這裡，戲總算可以草草開場，或勉強收場。

韓城

我那輛新大洲*被偷後，只要有空，我就會到各種網站上尋找它的照片。我自己沒有拍過，不像我的領導，總是讓人幫他拍下他坐過的每一把椅子。但我堅信，在我騎它的兩年裡，一定會有街拍的人有意無意地將它攝入鏡頭。

我的工作是走馬觀花，用今天的話說，我替某個機構收集老城裡各家店鋪上門板時的情緒波動指數。我只負責收集，至於它們折射出什麼經濟和社會價值，由於我上學時統計學不及格，加上色盲，不管同事們怎麼耐心地給我解釋，依舊一竅不通。來自福蘭的另一位領導非常通情達理，從上衣口袋裡掏出色卡：「這個送給喱，喱去好好配一副眼鏡。」我知道他的小舅子最近在哈勃眼鏡實習，但我的腦子裡除了各種曲線和蒼茫的暮色，根本聽不懂話外音。

你可能要問，我到底為幾個人服務？在我婚後二十多年裡，家裡沒發生過任何事情，連一塊窗玻璃都沒碎過。最接近的一次是，我的褲兜破了，車鑰匙順褲腿滑落。幸虧那天下大雨，我沒騎車。

---

* 摩托車品牌。

寶坻

這裡的日子像一根放久的薯條。我穿過月亮門，再繞過一個色彩豔麗的花壇，就看見了小翅膀。他坐在石凳上，正翻來覆去看一張牌。

我是小翅膀的品牌註冊方。怎麼向你解釋呢？我需要打一個比方，就像我必須用潛水的方式，告訴你我是一條你不認識的魚。問題的癥結所在，和你從來沒釣過魚有關。我們這裡離海不遠，走濱保高速，穿過寧河，就是渤海灣。但你的生活和海扯不上絲毫關係。你是地下室專家，研究風箏的龍骨形態如何減輕祕密書寫者的心理障礙。我是在一個綜藝節目中發現你的。你坐在觀眾席上，向剛出道的小翅膀拋去了一個非常刁鑽的問題。

那次打擊，讓我的出海計劃無限期地擱淺了。照理，我應該及時收手，不再給那隻肩膀癢癢的鸚鵡餵食。你通過發電報的方式告訴我，當時你只想傷害自己，沒想到小翅膀一眼識破，從你發黑的腦門上讀到自己的前世。「命運不過如此。不過如此。」他收起笑容，退出了舞臺。怎麼說呢？我從未收到過什麼電報。

馬鞍山

我沒看清她。嚴格意義上說，是我的手機在顫抖中模糊了她。我在這個移民城市生活了六十多年，目睹了江水沖走的瑣碎日子。現在，我老了，日子變得更加難以成形，在樓下的小賣部裡落灰。「我聽厭了口水歌，像嚼過的綠箭*那樣黏人。」她最近又刻意地瘦了，感覺是用繩子綁紮過的臉蛋兒，與她的年齡一點不相襯。不過，因為模糊，她最後留給我的印象並沒有那麼尖刻。

「邂逅終身。」她跟團去過新安江，因為耳背，不知從哪裡聽到，便發短信問我。我躺在尼龍折疊椅上，對著一隻不存在的蠍蠍吹口哨。隔壁手機店的老劉衝我嚷道：「尿素老裘，你要死啊？我要是再尿褲子，就砸爛你的店！」「來呀，老闆娘不在，我正好可以脫身。」

我年輕時在附近幾個縣推銷尿素，稀裡糊塗吃錯藥，欠下一屁股債。我養過的一隻蠍蠍闖進了老闆娘的生活。她替我還了債，我替她看管所有過期的商品。「它們終究會成為古董！你等著瞧！」剛才過去的那個女的，怎麼那麼像她？

---

*　　即臺譯「青箭」口香糖。

大荔

有一陣子，我反覆閱讀相機說明書。一種專門用來拍攝土豆的相機，鏡頭兩邊各裝一根細鐵絲，比頭髮粗，但比針細、柔軟，插進土裡後會發光，將土豆的形狀和表皮肌理直接傳輸到膠片上。說明書目錄上，鏡頭部分應該是從第十七頁到第二十二頁，但當我翻到十七頁時，冒出一片白光，晃得我睜不開眼。「成王村來人了，迎面明明是老頭，轉身卻是一個老婆子。」我起身去開門，接過她手裡的名片：承接各種夜間業務，擁有複印夜色的專利技術。

我請她幫我讀出第十七頁的內容。她一邊念，我一邊遺忘，但漸漸看清了她一頭烏髮裡的月光：如果你削過雪花梨，如果你把足夠龐大的水體從高空拋下。

再後來，西邊先亮起來。爺爺趕著一隊斑馬，像天邊的剪影，映入第二十頁。她比劃著手勢，讓我看牆上的投影。可是我早已在上次文字運動中把牆推倒了。我終日坐在風中。幸虧我是通風之人，有一個窟窿之身。無形的風敗下陣來，我重新翻閱，像翻動一層層波浪。

回龍觀

現在我不用再給你寫信了，感謝郵局的衰敗，我出於無奈或自願，搬到了昌平一個數萬人的小區裡。北面是燕山，你是隱居在山腳下的前著名人士。

我試過騎車去送信，但後來放棄了，因為不管如何小心翼翼，我都會在途中弄丟信件。等我再回頭沿原路去找，那條路又不見了。我清晰記得路邊楊樹的樹皮每一株如何不同，樹下的二月蘭如何在天色中呈現漸變的紫羅蘭色。我記得太多東西，以至於忘記了自己是否出過門，此刻的時間應該是什麼樣子。

是的，你曾經在某個論壇中對方位進行過語義學考證。「試想有一頭羊喜歡跨欄，我們如何圈住牠，告訴牠家的位置？」你用的是匿名方式，但我明確地知道，你不是說給別人聽的，而是在對那個過去的我發問，那個混跡於自己的記憶中的可憐之人。你當然不會回答。問題就是問題，不是偽裝的答案。我從信封裡取出收條，替你簽好字，算是償還了對時間的賒欠，儘管我知道你不會認帳。《偷自行車的人》[*]剛剛開始——

---

[*]　義大利電影，臺譯《單車失竊記》。

澄城

什麼是真正的遊戲精神？原汁原味的遊戲精神？比如，浴子河的老黑，用人生第一支口紅給村頭的石獅子補妝；或者，請各屋的鎮宅獸收腹，吸足氣，然後使勁吹積水表層的那些塵粒。我真的聽到火車的鳴笛聲裡，有人在吹嗩吶。

牆上的萬年青，是我從城裡撿回來的。「你個瓜皮，還有這本事？」原上形勢吃緊，一條野狗優雅地躺在那裡曬太陽。門框，折了幾道彎，影子跌下山坡。廢屋不是被廢棄的，是被供養後，各種靠近的計劃，在猶豫中風乾了。黎明，晃晃悠悠，比我當初念叨的強，一下子撲在他的身上。

是時候可以安排他入場了。

他不是那個老黑，這點可以肯定，就好像他的後代裡可以派出一個個頭小小的，肩上搭一條毛巾，低頭鑽進故事的失憶部分。

一缸水養了好久，連老天都常來照臉。奈何你不知有這麼一檔事，還去鄰縣的剪紙裡搶祖宗的聲響。

且慢！越是在早起捱到午睡的地方，越是要等揚起的土落定，語言啥球的，在老碗裡滾來滾去。

連雲港

主幹道上的車流，他的意識需要避開那越來越多的關鍵詞。（您側下身。他何時學會了對自己如此客套？）今天下午，他拉著我，攀爬陡峭的虛無山。這只是任務單裡的一項。「直至虛脫」，有人做了旁注。

據道光年間殘缺的《志略》，山底下曾經是一個漁村。

15瓦？60瓦？在他看來，都不如冥想驚恐的魚眼。「你想過沒有？」我把放大鏡靠近肥皂泡。「色彩斑斕，高潮時的幻滅，從邊緣喝下飲料，羅蘭・巴特《片斷》裡的《側斜著》，等等，不一而足。」最後幾個字，我完全沒有自信說出來，對話就在一股涼風裡沒有結束地結束了。

招飲者來自西北方，作為非西北人的備註。我們收集邊邊角角。有了念慈庵，你是否打消了占據中間一大塊空白的野心？他的路數明朗，先清嗓子，擺出欲言又止的架勢，而我們假裝正在半山腰的亭子裡歇腳。小雲杯，大雷杯，一種柔情，一種戲謔。他又拉了我一把：「還是下山吧，看他宿醉後的慘樣。」他說的是語境。

利摩日

說來不好意思，就像大鬍子說的那樣，總得有人出生在利摩日。

快過一歲生日時，一個風和日麗的早晨，媽媽揪掉了屋子裡所有植物的葉子。她揪一片，我鼓一次掌。她越揪越快，我巴掌拍得通紅。她突然哭了，可我笑個不停。

第二個月，後來她告訴我，那是五月，爸爸打來電話，說他愛上了非洲。

上二年級時，我寫過一篇命題作文：許多孤獨的獅子，每個星期三晚上九點，當教堂的鐘聲響起，在盤子和花瓶的圖案裡，先是擺動頭，然後一躍而出。牠們高傲，憂鬱，自顧自從城市的各個角落，來到阿爾內廣場。一個記者爬到屋頂上，向法國電視二臺報導了當時的壯觀場面。

這個故事我沒寫完，後面的內容牽扯到很多家庭的飯碗。在給我舉行成年禮的晚上，碰巧也是星期三，祖母從玻璃櫃裡取出咖啡壺，哆哆嗦嗦地清空裡面的往事：「我曾經養過一隻毛色黑亮黑亮的貓，叫皮埃爾。」她已故的丈夫，她兒子，還有我，都叫皮埃爾，這個她不記得了。

平涼

吃肉卻不買肉的人，不要交往。

——題記

彼時，我們放大自性。糊塗蟲擤著鼻涕，呆呆地凝視黑板。現在的黑板泛白，西域面孔裝進麵口袋又如何？是我們村裡的，偏頗不到哪裡去；但一味聽戲，風捲動黃沙，關好雙層玻璃窗。

我用標點表示，內經里雲，紅白相間，必有推廣和推廣的效果。不要賤賣那隻雞！

黃沙漫捲，今天是你的，不可逆轉並不成立。經過多番石榴的努力，想法沒多，在裡面找隱喻的人多了。「總有一個靠譜，拿針尖說事。往往在油燈榨乾燈芯後，滿窗都是星光。這麼說你可能愈發糊塗了，但從這裡走出去的神仙大半是半仙，剩下的不足掛齒，不夠填牙縫。」

這是等著他一覺醒來，用手抹一把臉。夜清涼如水，注入一種智慧：有頭有臉沒腦？你要掰碎了，像掰饃。

讓他給你一匹馬，讓白天及時到來。掩卷的那位厭倦了。我們不出門，他們自然會找上門，在一片曠野中。

阿爾加維

這樣，我就算回家了。白房子，在某個魔女的歌聲裡，起到了淪陷和祛魅的雙重作用。矮個子神父咧開嘴，慢條斯理，一直保持著微笑：「他的肉體還在海上，他的靈魂已經靠岸。停泊，他們是這麼說的嗎？簡直是胡扯！我們是永動機的一部分。」如果不是父親及時阻止他，他一定會解開扣子，掏出他的機械師證書。

我最後一次見到他，是在海邊的一家咖啡館裡。香料戰爭持續了幾年。見我走近，他摘下耳機，神奇地從桌上拎起嶙峋的魚骨架：「我警告過胡安，不要在晚霞燃燒的日子裡醃沙丁魚。」聲音的構件在新聞播報中變得扁平。

年鑑開始發揮作用。母親把其中最精闢的兩頁印在圍裙上：每一位天使的生日和海鮮飯最古老的食譜。那是在天涯之角，一群騎哈雷的美國人正在打聽她的墓地。我遠遠地站在自己的生活之外。「父親，」我默念著，一時有點恍惚，不知是該面對海還是身後的屋頂，「仁慈的父親，我在哪一片雲朵下面能聽到你最近的訊息？」

夏縣

從他面部的變遷中，我認出了麥浪滾滾。他比我小一輪，也屬馬，收窄的雙肩裡有一股勁兒，似乎要與籠罩萬物的黃昏決一雌雄。「先不說裡面政治有多正確（一位被淘汰的文書考證了時代潮流與技術進步的契合度。個人電腦與政治正確），歐拉，我們大家排好隊，用符號，而不是性別，解決萬古不變的難題。」說到這裡，他幾乎要落淚了。

山不高。中條山穿越的地方，我的羊群散漫著。他走在我前面，不時回頭對我說：「時間改變的唯有我們的醒悟，比如，你看廟裡的供桌上，蠟燭明滅，但繞開的神明說想跳格子。你以為合適嗎？」

麻雀的命運，從黃河拐彎處飛到雲底下趕路的人前面。水花，因為渾濁，因為白日的強光，真是難分辨。我退休前，借了文化館的古董，抄寫一部偽經。我委託他收購能自己形成文字的麥穗。但秋風沉澱的閣樓裡，眺望被用爛了。

我能不能不成為自己放牧的對象？否定，且記，沒有人不為你身上放蕩的自由買單。這樣，我混過一關。

通州

有五十三種消除的方式，不是時間原因，也不關喜好，
我選擇其中五種，是因為我住在五號樓。

五號樓有五個面。如此表述，已經透露了文字的俯視角
度，準確地說，是一個事後綜合的視角。你和我，對豹
紋夾克衫持不同看法，實在無法妥協，就一起選擇了鬆
鬆垮垮的牛仔褲，手機在屁兜裡滑進滑出。

我是其中哪一個呢？按照最文本的方式，我應該在一堆
你的裡面。或者，以四號樓的西皮流水方式存在。

打住！雷雨天驚了馬，橋頭還殘留著趕赴現場的聲音。
我們走動，聲音流動，但不像我們，聲音總會留下一些
痕跡。被消除的僅僅是發出聲音的主體。我下樓梯時穿
著衣服，口袋裡裝著蛐蛐盒。兩天後，我已經分不清麥
芒和蛐蛐腿，金黃的赤裸的聲音迴蕩在家屬區後面。空
氣中，傘在飛，掙脫的人坐在地下，仰著頭流淚。我繼
續剪報，收集天氣預報。你就是某個特殊天氣的我。

現在，該給我們自己考慮一個去處。那就在這裡吧。

林茨

回到花園裡，玫瑰。其他的花沒有神性，淹沒在俗世的色彩中。唯有玫瑰，像神的魔鬼，MG，我的上帝！

教堂，遊客甲在視窗裡看見穹頂。天使的翅膀撲搧，鴿子構成禁語，憨厚的小腦袋預示著未來的宇宙等級：我們的本位，淅淅瀝瀝的雨打濕，但翅膀不是最終的目的地，只是抵達的槳。

表情木然，白花花，壓制未來與酒杯之柄的把持之人。雪花必出六棱，管風琴挑動高昂的信徒，而坐遊船來的夫妻，指著戴頭紗的少女：「她在土耳其長大，她是另一種傳統。我們老朽，火柴難以接受。你有解凍的石塊嗎？」

可以落地，絕不會染上病。黎明，先不急，我們慢慢探出大師不能胡說八道。那個什麼格與它有關。吃鞋底的囚徒，必須嘸回去道路。沙子實在太密集了！

都是花冠，但遊客丙拿著鋁製的刀叉，在老街上撿拾時光遺漏的廢紙片。它們捏成球，自動彈跳著，把我們圍成輕歌劇的演員。彩帶之午後，天哪，雨沖洗石縫間。天冷，然後天會更冷。

圓明園

在某一次展覽會上，我合法地雇用了一個小孩扮演觀眾。事情比想像的簡單，我看見他，像沙灘上迷路的鴿子，不走直線。他身上，或者說鴿子身上，不小心蹭到新刷的油漆。對了，廣場中心的紀念碑不斷吸引行為藝術家，這一次是一位業餘學徒。忘了他痛苦的表情吧，忘了這位學徒，我還是繼續說油漆未乾，作品未完成，他的緊身西服蹭到三原色中的一種。他左看右看，非常無聊，然後把自己拉進了一個吹得大大的肥皂泡。印在牆上的前言如此頻繁地使用「時代」一詞，怎麼還好意思說不平凡？

鴿子是吃沙子的，這個你確切知道嗎？

《表演法》第五章第二十三條，用拗口的循環證明，畫出匍匐前進的線路。一會兒是翹嘴的啤酒瓶蓋，他用胖胖的小手握住。肥皂泡還在堅持不破，上下浮動，偶然會側移，但其他觀眾不耐煩了，紛紛留言，要求退票。他們沒想到體驗完全依賴於胳膊肘。我趕緊說，再過一會兒，他的生物爸爸會穿著工裝到來，我驗證後，就放他走。

昆山

木槿花快要爛在泥土裡了，你多事，撿回家，陪伴自己
幾天。離下雪，窗臺還有九層樓高。現在聽收音機的人
在朝你走來，一個事故的輪廓。

我沒寫錯。倒置永遠是避免錯誤的正確方式。小賣部不
賣橡皮，即使我用隱晦的方式三次提及你。光明紙業的
前銷售人員在幫著理貨：「我家大師瑪格麗特太黏人，
天天守在釣魚竿旁邊，不放我出門。」他隔著貨架對塌
鼻子的收銀員呢喃著，他的腳下洇開一圈白。

要是倒退若干年，必有人想起月亮，爬上那古意中的小
山頂。你心中的丘壑，說來好笑，就是你心中的丘壑。
「早飯無須修改，一碗清水，一頁白紙，你勾勒完畢，
我們去擠奶，」他輕掩柴扉，自言自語。你在他的後院
養了一隻山羊，他說的是山羊奶。

大同三年，地勢沒有發生變化。耕田的與捕魚的早早回
家。在一面銅鏡裡，你讀到他凹凸不平的心情。消息落
水，連撲通一聲也無非是一個無關他人的念頭。我們姑
且不談如何計算，你在徒勞地拔一根倒刺。

三門峽（2）

牽牡丹的人走下石橋。牡丹是一匹棗紅色的馬，你可以
在任何一本圖譜裡找到它。我們擅長含糊不清，又言之
鑿鑿。暮秋帶著夜氣，悄然楔進他們的生活，金屬和其
他鋒利之物沾染了它們的戾氣，他卻在為你批註的手稿
上摸到下一頁。他知道木匠不應該騎馬。

晚飯吃到很晚。各自嚥下了許多對明天的解釋，還是
沒盡興。「我把牡丹當掉如何？」他右手的食指上有
一顆痣，不陰不陽，而羅圈腿已經藏在舊軍裝下。「一
起風，事情就轉圈。我在石橋上遇見一塊不陰不陽的石
頭，積了雨水。可惜啊，它的形狀雕不成牡丹。」

「給我抱回家了，」你急忙插話。「我想明天，就是你
們沒說清楚的東西，不應該留宿街頭。」

窗下，幾塊破磚頭的縫隙間，鼠尾草的殘骸像枯竭的夜
色被擰乾。一場仗打下來，你突然對自己體內的他性產
生了一絲恐懼，一種莫名的期待。而他願意創造一種你
性，一種親切感。花叢中走失的，河水會送到下游。你
和他異口同聲。看浪花奔騰！

臨沂

走丟是每個人都渴望的，只是一些人還沒意識到自己的
真實想法，就像睏意襲來，可是海就在山的那邊。我們
終歸是糊塗的。我從畫室出來，忘了自己要坐幾路車，
拴在我耳朵上的蝴蝶又撲搧下白粉。鮮花的氣味，自從
他們築了橡膠壩，隔壁包子鋪的老謝，已經不再為哮喘
煩惱了，雖然，有人指出這個事實的漏洞，但我們並不
是為漏洞而生的。我們是因漏洞而生的。

我們今天的功課是給奧爾巴赫一系列的《朱莉亞傾斜的
頭》提建設意見。我們用刀片把樹葉割成條狀，晚霞透
過許久未擦的玻璃，讓我的老師醒過神來。他的祖上離
開這裡有多久？他何必扛著竹竿走到車站再折回？稅務
部門前天來過，看那些繪畫技巧有沒有可以幫助到他們
的地方。我報給領頭的大臉盤一些代號，他後面的小眼
睛足足眨巴了十幾下，嚥回去吐沫，一個立正向後轉，
嚇得其他人都吐了。

關於地址變更，我能查到的信息不足以讓我懷疑你。我
記得自己騎著一頭犀牛，踏碎了每一條馬路。

烏普薩拉

我萬萬沒想到，冰咖啡竟然燙傷了我的舌頭。母親穿著我的小學校服，急奔過來。她預測到，昨天黃昏時分，教堂的彩窗上出現了我飛越大西洋專程去報導的氣象奇蹟。我準備了一週的假期，等待它發生。天空壓縮了通道，狹長的甲板擠滿慶祝的人群。他們互相擁抱，慶幸自己沒有買到入場券。多麼好的一次體驗！還有兩個無法到達的維修人員，看著機器裡破損的齒輪，將我的影子推下了黎明的陽臺。柳絮漫天，她在軟綿綿的鐵板上用石塊氧化的粉治癒了後來子夜的頭疼。我感覺電影還沒開場就結束了，觀眾在模仿我的口吃。我的孩子。他們在風雪中抱緊雪白的樺樹。

但托馬斯大夫說，兩個小時太漫長了，我一直無法不記錄這期間的沉默。一本作業本不夠。我收好門後滴水的傘。「從她曬傷的額頭看，你並沒有得到能量的彌補。」我趿拉著不同緯度的UGG，起床的貓用尾巴得罪了一杯流乾的駝奶。「價格嗎？不在價格表上。」他還在等我叫的出租，準備開啟那輪對話。

克東

我一副大義凜然的表情，站在東倒西歪的向日葵前面。我出生在這個地方，見證了文字後面的簡單邏輯：權力的蔓延，瓜藤錯落。草帽沒沿兒，你該叫它什麼？我女婿把自己的名片折了又折，露出北方的茫然。

專業技術，在木頭的腐爛中加深。

閃回。巨大的閃回，一個穿矮腳褲的天津瘦子出溜到後皇家時代。他曾經抄起話筒，對面的矯情（別人的）朋友讓他徹底失望。可能會是別樣。可能在西伯利亞的訓導師收到上方指示：這個人齷齪，與歷史匹配。

我輸入幾次，皆錯。

高架橋，這裡的神話。地鐵，神話。我們不需要！

十字路口，穿小白鞋的次女神們東張西望。不可小瞧她們。但照片發表後，群情洶湧。「哪個是你的依然？她藏在垂頭喪氣中？」

我不太理會這些問題。我在回答之前準備埋掉自己的問題，但令我傷心的是，我找不到鐵鍬。整個城市的五金店都倒閉了，我手頭沒有流通貨幣。雪線撤退後，照片上，他們只注明了我和我的女兒。她沒有來。

寧陝

他們在玻璃板底下，找到了寓言蟲，體型如海馬，黴綠
色，尺寸近似大拇指上的一條細紋。

我畢業於荒郊野外的業餘大學，準考古專業，喜歡模仿
宿白先生的文字。《枕巾淚痕年代考》，是安康刑偵大
隊委託我抄襲的論文。委託書在寄來的途中被人篡改，
文具店的H及時攔住郵遞員E，他們倆對比了耳朵裡的
R，得出結論，是我偽造了文憑，用的是艾草汁和早期
煙盒的空白處。案件引起兩隻孔雀的注意，一到傍晚，
就在麵館後面的院子裡撕心裂肺地叫。一天勞累下來，
抽旱煙的觀眾在煙霧繚繞的銀幕前半睡半醒。故事配角
誇張的嘶啞的嗓音蓋住了牠們的叫聲。

但事情很快在中心廣場露出破綻。文化館通假字委員
會籌備小組沒經得住我的誘導，用一筐水平換了兩噸化
肥。本來事情就這樣不了了之，誰知中間出現了差錯，
無數隻鴟鴞在文章中無辜死去。我的室友何人，在徹底
消失前的某個下午，給我發來《蘇玄講稿》，封面是黑
的，衣索比亞的那種黑。

南潯

在認知的平面上，話語滾成團，如柳絮。莫非偏要這樣？摁門鈴，撤到一旁，如戲裡的安排，現在定義為動線，接近滑稽的場域。街道，帕斯捷爾納克在《人與事》中，強調了時代的轉換，本雅明也在他的文字裡談論過波德萊爾和巴黎的第一次連接。

螺旋式的句式結構，茶宴未散，已經有右肩頭停信鴿的雕像回應小鎮的天氣。「你欠我表達的水分，此時談具體人稱，明顯不合適。」雨水破壞了他的面龐，不知哪只烏蓬船早到，哪些方言重複，兩岸揮手的人早已挽起褲腳，在地裡插秧。天氣沒那麼熱，他們以為。

繼續往邊緣擴展，從摸不著邊際的地方收羅前人的話。經過電信營業廳時，人口調查正如火如荼。斗笠結構的補充，關於雲腳的不同解釋，一個老漢走過去，沒有返程。不得不從一張舊地圖，查詢茶的雲腳。

誰到底有幾個姓？地名演變聽上去非常古老，融入，可是每個人都在找自己的衣服，與上一次喝的茶匹配。於是流連於嗚嗚的號角聲，忘了進城。

第六輯

業餘時間
我們去坐火車

新區

我搬到新區後，幾乎快忘記了，但事情沒忘記我，主動找上門。

一個隆冬早晨，小區樓下停了一頭駱駝。保安因為興奮，沒坐電梯，一口氣爬到七樓，摁響我家門鈴：「胡領導，有一頭駱駝，不是，是有一件事情委託駱駝來找您。」

「阿尤，家裡沒鹽了。」母親耳背，眼花，衝著門口的保安說。

過去兩年，我們城裡發生了很多事。我的一位同事通過夜遊，在市中心的每一個井蓋上跳蛙舞，一種新興的健身體操，徹底治癒了他愛人的失眠。我曾經打電話給水務公司，想知道有多少個井蓋。「胡阿尤同志，請先擦乾淨你的口水！」對方聲音清脆，但他怎麼知道我正在找餐巾紙？我用的是單位的座機，並沒有告訴他我叫什麼。

經過幾次交涉，我終於弄清楚了猜姓名遊戲的底層邏輯。據說，這個遊戲的發明者來自遙遠的海邊，白天是一隻碩大的海鳥，夜裡化身為馬，在街心公園的草地上啃草。我的中學歷史老師退休後，專程去皖南收集鹽商的家譜，但他不姓駱——

高雄

他走出車站時，太陽正在劈竹子，碗裡的清水泛著飄忽不定的綠光，像洗舊的絲綢。他只是突然想到身後還缺可以整理的日子，但新開張的吉他店試出不少錯音，我們沒心沒肺地笑著，把穿插在人物之間的情節倒騰一遍。到了打烊的時候，所以可以去審視那些黑白照片上的文字。

鋸齒邊緣放大，他背上影子。那時流行蠟染男裝，他給自己和家裡的小白豬各自置辦了一身。妹妹從新竹工廠寄來一塊電子臘肉，味同嚼蠟：「往日不吃，如今你可幡然悔悟了？」他彷彿看見她在落地鏡子面前照自己剛安上箍子的牙。

就是白色。他走出車站，捏一把汗。武生繞過障礙物，回到舞臺上。角色分配，還得從心理分析開始。「我要出道？還是安然面對眼前這道風景線？」他自己努力保持住原物的模子，其餘的一概退回。

蚊子紛飛的角落，家族小合唱還在彩排。「門口的河水最近有股奇怪的味道，但我沒有把握說是什麼異味。毛孔之學尚未寫進教材，你記得不要回信。餘不一一。」

玉環

《船號》完成於1853年，我和歷史對眼的時刻。隨即擦去，用曾經的工具。四尺寬，多少進深，賣油郎還在那裡混。

沒想到隔無數輪的早起，排比句讓我起雞皮疙瘩。收尾，掉頭，躇步進當年的陰影。

一把鐵扇子，空有力。撿棗子撿到自己心慌，悔不該如何？在密密麻麻的迷茫中，笸籮*盛得多了，手指勒出完成的痕跡。

作為後來的補充，水塔。漁民說，我們也富過，曾受邀訪問了一個山腳下的漁村。難以理解，村民全住在船上，等待潮水拍碎紫色的夜。

我已經爬到一半，手機響了，連續三聲，是垃圾短信。檢查書中的方位，正北是水泥公司的窗玻璃折射出爆炸的光。

可能，我說是可能，一本書的真實存在依賴於你用樹枝在地上畫一個大圈，但中間沒有高聳的地標。《船號》缺失的幾頁裡包含了可能的索引（等於縮影？），但在數據搬運過程中，海螞蟻通體透明，自如地游弋於遊客的眼神中。下一輪圖片收集是多餘的，因為它們是數字海，涵蓋古今。

---

* 　一種盛東西的器具，常用柳條編成。

雅安

我領他們進到廢墟的中心。這是一個圓形的祭壇，考古學家說，但我無法相信他。我的小舅子研究袁大頭，有一天，午飯吃到一半，他舉起甲魚的殼兒，向在座的宣布：「我不是從四川來的，我聲明，但河南是中原，並不中立。」他還沒說完，水缸裡的睡蓮竟然睡著了。

後來一些事情有點變味。拉里，向主持人傾身，否定了她的指正。他們在休息廳裡擺放了一排映山紅，因為缺乏解釋，藝人合作的名畫不斷掉色，滴滴答答，幸虧地毯是化纖的，我明白大家的開支和報紙的以假推真。黃昏時，雲壓在我妹妹的頭頂上。她從報紙上雇來幾個弟弟，沒一個順眼，但並不妨礙我們談論下一步的策略，關於會議主旨以及違反主旨的戒條。

溪水潺潺。我擰開水龍頭，他講個沒完。巧合？公園天亮一波，我們歇了一波。我們離天亮有點遠，但可以接洽。我想到雅安，於是寫下。是日記體嗎？

小舅子愛吹口哨，我愛看遺憾的表情，尤其是自己的。說到此處，高速公路呼嘯而過。

常熟

他下榻的地方斷水。客棧老闆是一只飄來飄去的氣球，或許多只大大小小的氣球。她的聲音通過調整自己（或單個，或同時幾個）的位置，遙控外部光線的走向，在四周合適的物件上發出回聲。桌子的尖角，衣櫃略帶弧度的表面，塑膠椅子背凹陷的深淺，廉價窗簾的硬度，任何一件東西的材質和形狀都是聲音反射的絕妙條件。也就是說，他一旦跨過那道古老的門檻，便立刻被絲帶一樣的回聲包圍，彷彿陣陣清涼襲身，個別字句甚至有一股薄荷味兒。他發現室內竟如同野外，接待訪客的地方有一片茂密的竹林，裡面飛來飛去的白色，一會兒是蝴蝶，一會兒是珍珠般的氣泡。他急忙解開包袱，取出夾在《河岳英靈集》裡面的介紹信。那是一張塗著銀粉的牛皮紙，將回聲反彈回氣球。

難道我們都是先知先覺者？想到這個，他就聽見門外下沙子般的雨聲。他渾身燥熱，卻不停打嗝。現在，他不得不席地而坐，脫下他的繫帶無底鞋。它們是兩個知了殼，迅速逃跑，鑽進了林中的禪房。

上黨

在中國早期攝影中，你會遇見很多靜物，相反，你的晚年沒有提速。郊區近期盛產一類新聞，涉及認知障礙和三段式方法。換一種說法，即指物為物和黑洞中的踏空。我在返鄉的圖像傳輸中不斷給電機加油，你大概會否認系統問題，但確確實實，反向操作給其中幾個環節製造了幻覺。

夜是一頭安靜的野獸，你說。我不想掠美，每一幀畫面上都有題詞，有些增色，有些好像是重複別人的想法。我姐姐學的是物理，宿舍窗臺上總是有小動物出沒；她用手電給牠們洗澡，光淹沒的地方，一片狼藉。第三年，我陪她去林場，路上滑倒不下五次。「你聽說過一個叫籠子的人嗎？」她回頭問我，「肯定不姓樊，他毛手毛腳，我是說真的毛手毛腳。」

空氣格外清新。山坡上新建了兩排樓，隱身於自己的側影。

物自體*的維度，我是否無法複製？再一次爬起時，我意識到文字是一些走動的影子。進一步演繹，一所三流大學的校長喜歡穿不合身的西服，後面不開叉。你想到沒有？

---

* 康德所介紹的概念，指獨立於觀察的客體。

淄博

這個故事被腰斬了，所以我準備先沒收他的刀。「十塊錢，給你。新包裝，新淄博。」你能不能先確定性別？輪轉是一個大課題。易裝學還在申請專項基金，目前只能列為其他學問的分支。

當舞臺搭建到八成，他宣布：「近來砍竹子的人不感冒，牽來一群斑點狗。」他給了我一個靈感：黑白穿梭，干擾了翠綠。我來到山腳下，相當於事件發生的基線，而我的視線自然移到中間的一行白鷺。我認出其中兩隻，因為我在選紙折牠們的歲月裡，不認可宣紙。A4不夠大，A3又太大。一位模擬自己在京都的朋友，繪聲繪色地描述了山頂的竹子。「穿越江南的古道，」我很不禮貌地打斷了他。「血液的濃度提高，水稻、混凝土、流淚的牛眼，再講多了，會讓人產生俗氣無趣的感覺。感覺是需要羅列的，比如敘事店裡的貨櫃。」

從亮燈的橋頭，蜘蛛掙脫不了自己設置的生存空間，跳水失敗。「牠們本來就是攀岩高手，」準時撲來的蛾子用粉塵提醒我事情的本意。

博望

桂樹下坐過一個哲人，一來二去，蟲蛀的葉子漏下天
光。他的門生們幾乎是跪在那裡，用膝蓋思考。但扉頁
總是不夠，象徵開始很艱難。「進入正文，永不！」他
們堵在那裡，作為另一支學派派來的代表，沒給研究絲
毫進展的機會。桂樹下睡著犬儒主義*，讓我慢慢講給
你聽。

這一次，真的是在夢中，我叩開了圖書館的木門。我觀
察良久，發現把樹皮留在人間是一個不可估量的損失。
如果用它們裝飾蒼穹，翠綠的葉子紛飛如翅膀或羽毛
（翡翠綠），鳥類可以徹底擺脫身大頭小的命運。我坐
在枯水季的石臼湖邊，神經分叉，牙齦出血，惹來倒著
爬的文蟻一族。我何必自尋煩惱，給其實不複雜的故事
增添反面？事情完全可以推翻現存的命名系統，梳理裸
露在空中的樹根，以希羅尼莫斯的筆觸，抵達向下的生
長。我必須更清晰地表達，告訴你，根鬚是一棵樹的
頭髮。

可是問題不在這裡。能夠塞進口袋的書，預選撕掉了封
面。一到蜜蜂嗡嗡，我們村長就捂著豬一樣的嘴，開始
宣講。

---

* 　對他人動機，根本上不信任的一種心理態度。

烏魯木齊

描述性告一段落。是的，描述性，不是描述。他們撤掉頂棚，上面積累了落葉和塵埃，一些蟲子的屍體殘骸，偶爾會有票根的碎片，你右手執一次性筷子，左手戴橡膠手套，彈奏流水。

表演正常進行：擰開水龍頭之後，廉價的月色無以歸類。

那一定是在某個機場的人流中，因為你的拉桿箱過於陳舊，老師才認出你：你究竟對生活做了什麼？還是讓他們先過去。荒野中的午餐，模擬鴉雀無聲的等待。牠們落滿枯枝，黑的或灰的烏鴉，毛色斑雜的麻雀。

直到保安人員跑過來清理現場。

直到物理意義上的抽空——試想一下，充滿滴答的懸念，你能拿它如何？最多是時間維度上的抽空，坐下來，哪怕是一塊潮濕的石頭，暫時忘記誰在虛構你。

換一個場域，純人工的至上架構，不堪一擊的自然主義，你和自己打個照面，然後消失。第四聲在第一聲前面：抽空抽空，倒置一下恐怕不行，但不妨作為讀音訓練。黑白流轉，產生灰，起因是湖心洲餐廳裡嘈雜。水慢慢吸收你的形象。

佳縣

洲長沒有睡，也沒醒著。出於憐憫，我們向荷塘借了一張葉子，榨汁，淋在他頭上。憐憫是一種姿態，不涉及效果。

據一些無聊學者考證，那張借條用的是桑皮紙，但他們的門生們私下議論，質疑這個結論，理由有三：（1）誰也沒見過實物，不能因為自己只知道桑皮紙，就說那是桑皮紙；（2）荷塘並非一位老人，荷塘應該是普普通通的養荷花的池塘。但究竟是誰養的荷花？門生們說，學術經費裡最近可以增添道州朝聖一項，反正大家都有點無聊，不妨去做一番實地考察；（3）我們的存在最可疑，因為《洧水筆錄》第三卷本來有一篇打算專門寫我們的無釐頭事蹟，但考慮再三後，作者決定放棄。作者姓雷，他的縮影，經過幾代說書人口口相傳，最後得到一棵百年槐樹樹皮印證，曾經活躍於北宋末年和南宋初年，但在流亡途中，不幸毀於一次事故。我們存在於他的腦海，就像時間存在於人類的虛構。記憶之門，由於降水量陡增，正在接近腐爛。

宜昌

事情發生後不久，江邊就擺滿了招聘攤位。攤主無一不是
創業立項高手，按照片說明文字的慣例，我選幾位介紹。

左起第二位，面帶還魂過程中的神情。怎麼理解過程中
三個字？一種說法是，類似於又愛又恨半推半就，比如
在摧毀偶像最後一刻，對自己下不了手。還有一種說法
是，有人託夢給你，而你比較了前幾晚做的夢，覺得蹊
蹺處頗多。你下樓去取快遞，遇見一位老同事。「怎麼
是你？」他是來給你送鏡子的，但路上不小心撞見一頭
豬，鏡子莫名其妙碎了一地。現在，他只能舉著一塊不
規則的鏡面，與你隔著兩個攤位。奇妙的是，他能與你
同時發聲和閉嘴，分秒不差。

我是誰？我是給各個攤位安燈箱的電工，同時自己順便
經營一個攤位，賣可以用作面具的面膜。我曾經有一份
工作，負責打撈落水的夢。我的老領導身體虛弱，出不
了門，託我幫他找一份簡歷。「不難找，它刻在一根仿
木手杖上，歲月已經抹去了內容，唯餘黯淡的光澤。」

潞城

在南華西街的協和醫院，我弄丟了假牙，不但說話表達不清，個別字眼漏風，造成自我懷疑，而且由此進一步加重了我的思維紊亂。如果你現在遞給我一把鐵掀，我會趕緊抱住木柄，蹲在牆根下，不讓風吹散沙土般的想法。

或者，我徑直走到一個想法的另一端，經過中間那排螞蟻產的卵，那些影像中發虛的白點。問題是，我無法用問號將事情捲起，如同大象用鼻子捲草，塞進嘴裡。我的腳下土質鬆軟。我是有點虛胖，但走路發飄的原因，更多來自於我總是在紙上亂畫，既不是圖形，也不是文字。昨天，我想穿過兩棵柏樹，看清對面山脈的走向，可是它們中間有一張龐大的蛛網。我一屁股坐在地上，虛脫似的。光如一大盆水，倒入薄薄的塑膠袋，在空中懸著，隨時會崩裂。

所以總是有一種鋸齒形的感覺在半道攔住我。我的精神之父發給我的十個鋼圈只剩一個了。水岸春城的兩頭杜賓沒有出現。牠們答應過我，要帶主人一起來和我玩猜字圈地遊戲。我的口袋裡空空如也。

尚蒂伊

不幸的是，騎飛馬的你再次出現在我的壁紙上。

戰事遠未結束。大天使誤入深淵，正在返回的途中。以卡蘇朋二世的學識判斷，大天使要穿越方言的溝壑、迷彩的河流和愚昧的森林，滴盡蠟燭後，才能重新吹響集結號。混戰還在繼續。小天使們捧著胖臉，好奇、驚訝，又置身事外。夜還沒吹滅欲望之火。

我們還在為要不要出門去散步糾結。

「會下雨嗎？蒼穹會漏嗎？小步舞曲的林子裡有沒有吃棒棒糖的精靈？你看，我們的童年很貧乏，像一個破舊的鞋盒子。每天繫不完的鞋帶，彎腰，但雨天我們穿雨靴，長大後在雨靴裡養蝌蚪。彩虹，你難道沒有看見它橫跨古堡的屋頂？至於沒完沒了的躊躇，像中年彷徨。我已經拿起手杖，我會在路上告訴你我的決定。直接說，我的決心！」

破壞之基因，騎士走不出林子，構成新的圖卷。塞利納的長夜盡頭，兩位女喬治，在今天的幻燈片裡停留比較多的時間。你會忘記鎖門的，讓踐踏的美講完故事，廢墟如柳絮紛飛。

聖馬洛

上次偶遇後，我的靈魂一直在他那頂氈毛禮帽的帽沿上打轉兒。冬季接近尾聲，海灘上行人漸多，不時有淘氣的狗衝向三三兩兩踱著步子的海鷗。銀亮的光猛地扎透黑緞似的雲，令他仰起頭，差點兒甩落帽子。他急忙伸手拽住，及時拯救了我的靈魂。

我其實沒事。我是一個會被自己的靈魂偶爾放置到一旁的幸運兒，參加過唱詩班，出過海，現在是一家保險公司的職員。記得二十多年前的一個雷雨天，人們聚集在教堂裡，羅南叔叔也來了。我們在唱《榮耀頌》時，外面突然一聲霹靂。羅南叔叔像被雷電擊中，鼻孔往外冒血，身體抽搐著倒下。後來回想起來，我一定是靈魂出竅了。其他所有人，包括神父，當時都嚇壞了。教堂裡一片混亂，只有我還站在那裡，神情自若地把歌唱完。

還有一次在海上，他們看見我抱著一隻信天翁，在和牠說話。風撕扯著我的衣角，我的身體輕飄飄的，但我看上去渾然不覺。他們不知道，此時，我的靈魂已經上岸，正在城牆上散步。

橫店

收割的人們散去，大街上空了，事情戛然而至。他想起一次探訪的結尾，水井口升起一株枯柳，枝條無精打采。這是一口走動的水井，兩邊閃過牌樓，倉皇丟棄的攤位，馬蹄鐵，流水的痕跡。

一部尚未構思的電影，如果用黑白，要堅持有劃痕。沙袋柔和無情地講述遺憾，你側過臉去，假裝沒看見他，但他知道你看見了，於是假裝不知道。輪到他發飆時，他把手裡的牌洗來洗去。真應該雇人來收拾殘局，老先生的背不能再彎了。下午也是。

可是偏偏有人準備了一個碗，碗口一圈黑，一對娃娃蹲在碗底，盯牢一個蛐蛐罐。你本來安排了斜衝下來的麻雀，事不湊巧，牠在馬路牙子上喝水時，遇見一隊匪兵，滿臉沮喪，搶下特寫鏡頭。飛奔而來的山坡上，他瞇眼望著林間的牧羊人，遠處荒涼的堡壘，旗杆，什麼朝代，光線往前跑——

還是你明白，提前退場。打拍子的人現在在打板子。圍觀的羊群相互傳染了搖頭病，哀而不傷地等待。牠們是等待的一群，牠們不用撤退。

延慶

解放鞋，他心疼得叫了出來，幾乎無知地掩蓋住前程：「菩薩保佑！菩薩無性，否則如何自知？」可是，山路艱險，光腳丫子的，愣不知險旅的，從岩石表層，從黎明開始，而廟前的行乞僧說，我是他的變體。你覺得呢？

暗自。趕鵝的少年住在城堡裡。河，遙遠的光帶。白天，他們在馬背上並沒想到篝火，一群來植樹的橡皮泥，我捏，你捏，終於捏成小飯糰。「味道好嗎？」他們不眺望，但還是比今天好。

選手們聚在泉水邊，他在剔牙。如果我解釋多了，你必須解釋自己，你必須接二連三解讀。懨懨地，我無法去想後來的朝代。「且停！至於酒，傷不得。負債前行，孩子們亮了相，孩子們如何柔和，而且不知疲倦。他們都散去，唯余希望，如一只空氣球。」

於是他跛著腳，走過了若干年。一座土地廟，手印，癟了的橘子，燭芯和康師傅方便麵。去去就回，不是樹蔭的時光，他再變回一塊瓦，一把土。你是說你自己嗎？隔著老遠的路。

三明

酒過不知幾巡後，有人倡議在麒麟山頂上安一臺自動販賣機。我們是幾個神經衰弱的酒友，每隔一週聚一次，分享各自稀奇古怪的夢。這是聚會的初衷，但每一次，總是由陳大頭講他的傻鄰居開場。因為他口吃，聲音洪亮，引起小館子裡其他桌的客人不時投來鄙夷的眼神，我們就勸他喝酒，少說兩句。「憑憑憑什什麼？」「憑憑你腦袋大，喝酒！」大家哄堂大笑，然後陷入一種有點淒涼的沉默。

接著是阿林眨巴眼睛，四下打量一番，壓低嗓音說：「前天，我又做了相同的夢。先是一片洪水，把我們家的米缸沖走了，我的畢業證書和存摺都在裡面。我急得不行，可是我怎麼也繫不上鞋帶。我看見你們，尤其是陳大頭的那顆大腦袋，在水裡漂。你們每個人都騎著一頭大象。大象是五顏六色的，有一頭還戴著皇冠。我突然發現騎在上面的是我自己，而那個還在繫鞋帶的是會變戲法的歷史老師。他總是罰我按順序背出每個清朝的皇帝。」

可能是喝了酒，我們忘記了阿林是啞巴。

興義

他又問了一遍。街上的影子多了些褶皺。一隻麻雀沒站穩，瞬即落向另一處。我知道我沒法逃脫，所以乾脆放下手裡的刀片，去收拾地上的意象。我和他來自同一個村落，這個城市西南的山區。當然說東南西北也可以。

再往外抻一段。說來奇怪，隨著地勢平緩，語氣反而加重了。我們從自己身上扯一根皮筋出來，全面評估它們的粗細、色澤、韌度和可能的價格。很多東西都是外來的，尤其是平時不留心的小東西。我根本沒想到，在沙子裡找食的大公雞竟然喜歡將一小根破皮筋叼來叼去，如同玩味一句無趣卻經得起折騰的話。

「但牠們不再上樹了，」你搶過話筒，往裡面吐了幾口口水。「你們誰還跑得動？」溝壑縱橫，語義模糊，景象被暗物質控制。我轉身，進了本土眼鏡店。在甲冑不全的情況下，胃是最脆弱的。一個拿著金箍棒的胖店員正在喝湯。湯很燙，他的金箍棒上刻著一行字：鐵扇換金箍棒，聯繫電話1878877534？最後一個數字不知被誰摳掉了。

林州

我應該姓馬。不是祖先選擇了我，是我選擇了他們。某個雲遮月的夜晚，我又一次失眠，墜入厚厚的棉絮堆，既爬不起來，又無法徹底沉淪。我對自己的身分起了懷疑。「不如叫馬爾科姆。」有人對我說，可是我周圍沒人，只有黏得我滿嘴滿身的棉絮。

好吧，從今天起，我是馬爾科姆，正在下樓，準備鼓足勇氣，告訴爸爸媽媽，我受夠了他們的嘮叨，我要出走。媽媽在準備早餐。平底鍋裡的油熱了，她用饅頭片蘸一下鹽水，然後用三倍長的筷子夾住，放到鍋裡煎。「這樣才好吃。」她好像是在說我。爸爸早離家上班去了。他出現在一個章節的結尾，作為不起作用的人物存在。

「他們新接了一個活兒，」她從來是用他們代表或代替他。「給紅色引橋安裝彩燈。縣裡最近來了很多韓國人，不少來自光州，更多的來自釜山。你可以不相信，但事情就是這樣，不管你怎麼想。」她只顧說話，沒看我一眼。

叫我馬爾科姆二世吧！後來發生的事，在一個借用的早晨突然蒸發了。

孟津

在一本厚達近三百頁的短詩集裡，我發現了許多蟲子。他下鄉那幾年，我總覺得後背癢癢。夏收後，我專門跑進山裡，可山門上了鎖，鎖生了鏽，地下盡是白花花的鳥屎。我躲到古樟樹下，戴上耳機，聽麒麟童的《掃松下書》。風馬牛不相及，是的，有風，遠處田野裡立著幾頭病牛，我一眼就看出。我曾經扮演過一隻牛虻。

我沒有多說什麼，時間逼他左右開弓。「我父親當年糊塗，火燒赤壁，可是他不知道，村裡每家每戶種牡丹，花瓣兒貼滿牆。」上次房屋普查，我們意外發現許多年前的新聞。各家選擇糊牆的報紙不盡相同。懶一點的，還在空白處寫日記。我讀到一則有趣的：8月6日，熱得我一身汗，實在爬不起來，但鍋裡的麵條煮爛糊了，絕不能讓隔壁看見。他們鼻子不好，沒長直。我曾經用墨繩量過，害得我噴嚏不斷。附記：從這些文字，你應該看得出我讀過幾年私塾。

到頭來，統計工作泡湯。石塊滾落，每一塊都帶著尖叫，他趕緊拉過我們，向前衝去。

屏山

房子離封頂還有一週時，他突然意識到要抓鬮*。「你最近打的一把爛牌，還是省省吧，你說呢？」永恆搭子往桌面上甩出一把牙籤，薄荷綠頭混淆了我的判斷。趴在字典上的蛾子嚇了一跳，從「封」字上撲棱起，落在他的視線內。暫停。讀到這裡，我起碼有三個問題：（1）搭子有手，但不得不陪綁，所以等於沒手；（2）眼不見，心更煩，說的是寸寸逼近，到眼皮底下，你根本看不見；（3）誰是那個我？

藝術館面湖，嚴格意義上只是一個水塘。蚊子太多時，你能看見魚跳出水面。是水裡沒吃的？還是做伸展運動？他忍不住咬住那個死扣，血從下巴滑向胸肌發達的地方，然後凝固在腰間。「其實廟有妙處，禪無饞相。或者說，打賭的人都輸了，你和我不如在庭院裡種一株丁香，等待來年看花的遊客。」

他們會包裡掖著，嘴上叫喚，就是不承認那些年的殘局，但不管怎麼說，還是比層層高的雪糕好。我眼睜睜看著漣漪擴散，就是找不到自己那個。

---

* 每人從預先做好記號的紙捲或紙團中摸出一個，來決定誰該得到什麼或者去做什麼。

朝天嘴

大風天被指定為鬍子日。消息一傳出，我和同僚們開始
坐立不安。每當他拔掉一根白鬍子，我們就心跳加速。
統計科的小鬍原來打算管兒子叫鬍子，但立刻打消了念
頭。我是他的老挑，喝酒時他和我無話不講。

很多時候，我的生活是由爬臺階組成。他，不是小鬍，
盤旋在雲霧繚繞的空中。他當然有居處，可是，在這個
鎮上，他是神一樣的存在。要牌九的人，誰敢不默默地
求他庇護？

一天，我抱著小小鬍，就是那個差一點叫鬍子的娃，來
到江邊。他咿呀著，指給我看不遠處的駁船。天已經暗
下來，借著天色，依舊能分辨出船上的人影。小小鬍在
我的臂彎中使勁掙扎。我能明確感受到，說不清楚的，
不是要保持沉默。恰恰相反，儘管你可以認定這是時代
的悲劇，但無法言說的，必須讓不會言說的指明。我從
口袋裡掏出望遠鏡，對準他手指的地方：一雙綠寶石的
眼睛。

本來，我們不再需要解釋事情如何轉移，下坡路有時走
得更艱難。不過，日子還是需要命名。

鵝嶺

「這一天看來是一個大清洗的日子。」但未必！他吹開拉花，抿一口，用微笑掩飾自己的感受，然後不急不慌，從旁邊抓過一張單頁，用原來耳朵上掛著的別針，在上面扎出一個草圖。「不需要往往是最大的需要。不過，意識到的人寥寥無幾。你想，就在船要離岸的瞬間，水手們在甲板上擺好沙盤。一座輝煌的城市，如同一道熱氣騰騰的大菜。送行的人噙著淚水，目送他們的親人轉頭，湧到沙盤前。真正離棄的不是離開的人，而是落在岸上的。」

他的雙腳懸空，屁股底下的圓杌子漸漸升高：「眼皮底下有一座玻璃鋼架構，橫切面是葫蘆形，非常適合分兩個泳區：大的供朝拜用，訪客們按姓氏筆劃、身高和體重依次排隊。」至於如何處置偽幣製造者，他隻字未提。

指指點點的事情，像有一陣沒一陣的雨，提醒我們地滑，收腳，注意牆體上的裂縫。又到了討論環節。隱身人散落在暗綠植物的根須上。分批劃掉，然後為他預約一個救生圈。某部電影裡的那種。

松溉

他叫阿圖爾，不可理喻。別的？可能，但不確定。我們的愚蠢在於，所有不確定的都帶來恐懼，而不是歡愉。他叫阿圖爾，足夠的歡愉，足夠的愚蠢。

傑里米亞看劇時，忘了帶望遠鏡。他坐在五公里外的包廂內。又一次提到足夠，足夠大的銀幕，足夠近的距離。阿圖爾摸過去，結果被傑里米亞的後代嘲笑。「說明我勝利了，因為我沒有後代嘲笑他。」

說吧，拐彎的群眾！

明明有地址，有門牌號，為何採取模糊的表達方式？其實，騎馬的不會穿街走巷，古鎮裡，賣火燭的謹小慎微。戲中的酒可以度數低，但不能是水或飲料。

進入五月的洞穴。外族力量有所下降，阿圖爾在木頭的骨架上撒把鹽。延續？從蒙恬到蒙田，關聯不重要，所有排除法已經不夠用。冒充群眾的羊，買斷了剃鬚刀，髮廊專業的那種。這些年，叫兩個名字的一個人，或兩個人的相互轉換，無法在午飯前決定輸贏。一夜平和，偶然在衙門外，力量聚集走向反面。他感冒了，他沒有。

奧本

海鷗盤旋在碼頭上空，盯緊了那些吃炸魚薯條的人。我不在其中。

五十年後，一個怪嬰成為這裡的話題。

你猶豫了一下，最後還是決定靠在欄杆上。數電線的光劃過，屋頂塌陷。帽檐的作用可以代替焦慮，皺紋布滿窗簾。我不會為一根拉線加入你。相反，你把手裡的油漬抹在門把手上。你清楚知道，從臺階上走下來的風衣，並沒有裹住誰。我有可能就在其中。

星相學專家今天語遲。

迅速吸納法將吃炸魚的人與薯條分開。一對遊弋的情侶曾通過拍電報的方式，告知大家不要相信海岸線的移動。俯瞰的話，弧度是明確的。天上的鱗片，經一把鈍刀刮除，產生了暗淡的背景。我很難說自己不認識他們。

一地舊報紙。填字遊戲的終結者。椅子兩端，海不構成風景的充分條件。平庸的必要補充，如同我們的口糧。我有意識地參與其中。

還是那把鈍刀。

天幕閉合。作為詞語逃犯，藍色迅速擴張邊際線。人去街空，連薯條的氣味也疲遝了。

考文垂

一個燙傷了手的人

————約翰·阿什貝利

轟炸內心的廢墟

————題記

一對裝睡的鴛鴦應該聽見了聖三一教堂的鐘聲，就像我應該給一個流浪漢鋪好髒兮兮的背景。「你到底讓不讓我睡？挪走綠蘿，背一袋沙子來，給尊貴的客人讓座。」對了，當心你說對了什麼！

我的新記憶儲存器在嘀嗒裡擴充軍備一樣的血管。無能的主啊，今晚燃燒者因為欠費，走到事情的側面。比如，半熟的玩笑，啤酒沫，穿長筒襪的鴨子——唯有不考究的鵝與牠們同行，或者，牠們，我指的是那些肥鵝，單蹼踩在兔子尾巴上：真的嗎？未必太快了，或太長了。略有常識的微醺人員簽到，證明側面是後來的正面。說著玩兒還行，切不可當真，除非歷史是一個認真但不能當真的玩笑。

但她還真的吻了一下馬。一匹不及物的馬。

在破敗的遊戲場裡，欲望撒開一張大網，全是窟窿。他們將漏下去的習慣，尤其是無形的，列在若干說明裡：穿過針眼，絲線打個結。幸虧我相信了背上的水痕。

地壇（2）

那一年，他五歲，我二十八，我們無話不談。他有一位輸入性爸爸，我養了一隻斜眼兔子。我記得，自己在他那個年齡，只會不停問為什麼，而他會自問自答。「打著紅傘的人為什麼比打黑傘的飄？因為你知道，摸黑走路容易摔倒。」我問他，誰告訴你的？他從口袋裡掏出一塊疊好的抹布，鋪開，裡面包著蝴蝶的翅膀：「你將來要去的地方不長蒲公英，你看你的耳朵，還有你鼻子下面的陰影。」他像是在背書，聲音輕，平直，有一種我永遠無法企及的成熟度。

我們是在廟會外認識的。當時，我正抱著斜眼兔子擠出人群，來到金鼎軒門口。我並不餓，但考慮到未來，我必須吃點什麼。

和所有同齡人一樣，我們的未來在某個時刻戛然而止。一個賣氣球的小姑娘走過來：「叔叔，我能不能送一個氣球給你的小白兔？牠一定會喜歡的。」兔子眼巴巴地看著我，但我知道牠沒在看我。「為什麼？」我問她。這時候，他突然從她身後冒了出來：「因為氣球是兔子的最終歸宿！」

利哈佛

在一次遊艇搶劫案中，兩頭參加表演的海豚受了重傷，夜空出現異象，一朵跛腿的北極熊雲趑趄著爬下屋頂，跳進陽臺上的浴缸。牛奶四濺出來，順灰色牆體流到我的腳下。我刪掉你的短信，給洶湧而來的新聞報導騰出內存空間。一個奧斯陸來的記者混進現場，高舉信號槍，非要自首。

吃早飯的人數肯定超過了三十，擠在桌子底下，準備給沃蒂埃夫人一個意外驚喜。許多年前，你也從馬丁尼克島回來，捂著胸口，在咖啡館裡記錄自己的憂傷。思潮已經退下，《玩紙牌者》成為熱門話題。領養政策，在幾個禿頂議員推動下，修改了年齡限制和地域範圍，而你立刻注意到餐具的不同等級，於是呼籲制定使用標準，要兼顧當地性和包容度。

外科醫生，大概有十幾個，衝出福樓拜醫院，不顧氣流，直奔夜色消退的地方。他們，據港口的以訛傳訛，好像每個週六下午，都聚在一起，閱讀紀德。有一位用記憶的蛻皮縫製了地球儀：「這裡，」他指著某個凹陷處，哽咽著沒說下去。

波爾多

已經走了很多人，不知不覺，漏斗裡的沙子流去大半。
我用一根牙籤，去戳智齒，藉以緩和疼痛。門外，影子
在往回縮，快靠近牆根了。他的聲音還是回音。

大學生說說笑笑，三三兩兩從草坪上走過。有一位領帶
上停滿蜻蜓，他並不在意，繼續講他的旅行經歷：「阿
爾貝羅貝洛，一群窮人，從海邊撿回貝殼。最大的家
長，擁有皮褲子，把它剪成巴掌大的小塊，一層層縫在
屁股上。他慢慢坐下去，既顯得莊重，不隨意，又不會
壓碎堆成小山的貝殼。當然，關鍵是不會被扎疼。」

一塊石頭滾了過來，上面長滿綠毛。皮埃爾，披著椴樹
皮，使勁敲他的煙斗。「你不要理它，」他突然猛吸一
口。「不鹹不淡，恰似午後的風。」「你別瞎噴！我袖
管裡打過雷，我的胳膊上有電擊的疤痕，但是你必須告
訴我，青苔和綠毛有什麼區別？」

石頭越滾越多，嚴重到我們必須去採購長筒望遠鏡。也
可以不用管它們，任何事情多到一定程度，就一定會下
雨，會催發貝雷帽的誕生。

安岳

他每天吃得很少，偶爾出門，是為了吐掉剛吃的東西。
除此之外，塑膠風扇在床墊旁邊吃力地旋轉。

我猜這應該是某個四線縣城，比如安岳。

緊接著是濕漉漉的額頭，室外風景渾濁不堪的額頭，貼
過來，嚇得弟弟撒腿狂奔，跑丟了一隻鞋。水溝裡撐不
開船，哪怕水手是一根蘆葦。

他照舊望進去：顴骨、竹竿，她的遺留物。光分幾次抹
去眼圈。聽說隔壁村子裡落了一地，他想問誰，但馬上
打消了自己無妄的念頭。二代公雞翅膀畫押，除了牠，
還有誰不顧時辰，躲進柴禾堆？

我準備質疑他的如下想法：不是無窮的可能性嗎？難道
不意味著什麼都可以？我撿起一根樹枝，蘸了點泥水。
「沒用的，我告訴你。後山曾經鬧過一次狐狸，弟弟半
夜尿醒了夢中人。我們沒設檢索功能，當然，說不定可
以查證他的影子越來越薄。」

禮堂竣工前，爺爺的帽子上長出耳朵。他去擠話頭，一
不小心被自己咬疼了。該收沒收的衣服跑下山坡，據說
它們去追棉被了。

霸州

裝酷的時辰到了。大哥從口袋裡摸出死蛇，然後摘下皮帶上的迷你手機，打電話給遠房親戚：呼叫甜麵醬！呼叫甜麵醬！

他身披藍鱗，配套部門沒找到遺傳的角，急忙用牛骨粉趕製了兩個。大哥的師母吩咐過，這活千萬不能讓臨時工幹。老師是已經研製成中藥的蜈蚣，現在供在中藥鋪的某個抽屜裡，外面沒做標記，但如果你心細，可以從樓道小廣告裡發現蛛絲馬跡，推導出當年慘案發生的具體地點。

曾經想到過鐵鍋推舉法，憑力氣定罪。大哥離開家時，墨水打翻了，及時搶救小分隊還堵在圍觀他的路上。難得的壯觀場面，敲邊鼓的女孩都是一米九以上，還不包括馱著她們的巨大海龜。她們緩緩行進，鼓點凌亂，令人想起師母念的法咒。我去過大哥補課的倉庫，有四個足球場大小，空空蕩蕩，燈泡不是被偷走，就是被砸碎了，密密麻麻的電線，從屋頂垂下來，如同熱帶雨林。倉庫陰冷，大哥的課桌是一個舊抽水馬桶，他騎在上面，雙眼發光，默念著對面牆上的光影。

趙州

我有個傻兄弟叫二毛，因為我是一毛。小時候，我見到最大的鈔票是一毛。媽媽問我的理想是什麼？我毫不猶豫地回答：一毛。坐在後排的軍長每次都能用一毛錢換漂亮的糖紙、煙盒或班主任的誇獎。軍長眼睛大，他自己說，他媽媽是米脂人。

早晨，二毛醒得早，在席子上摳洞。他有一次摳得手指流血。他把血抹在鼻子下面；沒想到，鼻子開始流血。我比他傻，又怕血，一下子明白他的用意。我撕下兩張作業本紙，用黃色的蠟筆各畫了一個芒果。沒等我畫完，二毛咯咯笑了，血居然倒流回鼻孔，包括他抹在鼻子下面的指血。

天色蒼白如他後來的臉。我兒子擺攤後，建議二叔穿行為藝術T恤衫。他參加了益蟲比賽，用反叛的精神挽救了一些錯判的品種，比如舅舅家的尺蠖。誰的舅舅呢？說來話長，邢台地震那年，他在孤兒院裡變成孤兒。他們專門成立了拯救舅舅委員會，敲鑼打鼓，把他送到金玉良緣婚紗攝影，給他補辦儀式。二毛說，舅舅很失敗，因為他不認識自己。

尚志

列車時刻表上，尚志一行是橘紅的。他喜歡吃橘子皮，曬乾、洗淨、切成絲，用冰糖醃一下。上中專前，他跑去紮龍，趁大家仰頭看放鶴時，偷了一根蘆葦。他的心怦怦跳。他看見第三隻鶴突然脫群，向下俯衝。所有在場的人驚叫出來，放鶴的工作人員頓時暈倒在木頭搭的瞭望臺上。「南方！」他也驚呆了。他發現手中的蘆葦不翼而飛，右手掌心閃過兩個字。

「這本摺子不是戲，」我把三塊脫線的竹板鋪開，再疊在一起。橘子在左邊褲兜裡已經捂熱，但還沒熟。我注意到對面的陌生人下巴不夠尖。「你願意聽一個人的幻覺嗎？沒有任何實際意義的幻覺？」現在，我只能用第三人稱來表示陌生人。他肯定不來自尚志，只在電視裡見過丹頂鶴。但是，我敢打賭，他吃過橘子，而且非常喜歡吃，尤其是罐頭橘子。

可是，當他意識到車窗外平坦的農田難以承載一個普通的故事，路兩旁的樹葉瑟瑟發抖，他用眼鏡腿在空中畫一個圓：「我忘了自己姓邢。」我也不確定他是否知道。

狸橋

從卡車上下來很多。數字本尊建在曬穀場上，幾個光頭在旁邊玩草帽。「起風了，真涼快！」「可不是？瞧，那些螞蟻驚慌失措，差點被掀翻。」我解開一個月的結尾，像上個月那樣，在未成型的作品上做一個小標記，小到失真。

後來光太亮了，他的白襯衫一時吸納不了，不得不躲進一棵樹皮發灰的樹。他躲得快，來不及看清樹的品種。我想，我們關於樹洞的傳說應該起源於一種匆匆忙忙。比如，替我們運輸天氣的司機掏出飯盒。他每次說話都節省一些詞語，因為擔心它們變質，他會擠時間停車，將它們放進養蟄龍介蟲的飯盒。但和書上寫的不一樣，他養的是虛擬的蟲子，靠吞食黑暗和詞語維持生命。

時間一長，自然產生了問題，於是本尊派和派生派在人去樓空的水域召開蚊子和文字的相關性討論。他招募了一群圓鼓鼓的嘴巴，在飼料店隔壁，整理史前資料。「閉眼，吸氣，吐氣。現在睜開左眼。有沒有感覺到右眼皮在跳？」有沒有聽說他囤了一屋子跳豆的種子？

北海

棧橋上是一粒棋子，斗笠般大。恩師賣個關子，假裝拍蚊子，可是，他在樂隊裡的角色真假難辨，吹葫蘆絲的大頭娃娃說，他是精神敗類，如同袖口磨出歲月，大致不差，水波裡泛漾無知的光。「蠟燭熄滅，我看見了。」

坐船的比走旱路的人多。我抓了一把，缺口是一扇誰也不進出的門。放幾顆松果，核心問題抵不過低頭劃槳的剛果頭，他曾經念給我聽社論，他後來輸了指甲裡摳出的泥。海水不認可。

運行的線，與海面共振。我挖拖鞋，左右各一個大洲。不小心，他踩不動水。我們往往忘了地圖，但離不開它。實際上，行動只有做完，才顯出正確與愚蠢（不是或）。

我們猜測的私語，瓜棚、溝壑、大片葉子的遮擋——如果他挪移，一曲不如一去。

再說大頭娃娃的心願，簡直了！我最近頻頻打牆，猴子尾巴的野貓闖入畫風擴張的空間，如此，你便是我和他的集合體。

招斷！標誌符號向上，亦可扭著脖子看。嘩啦啦，我們的胡說八道進戶，我們坐在晚風中。

陵水

因為需要一個熱帶故事完成他的構思，他坐上最後一班南下的車，來到海邊。晚霞氾濫，不矜持。他在時空酒吧點了一杯無酒精的苦艾酒，朝方臉的調酒師象徵性地舉一下，一飲而盡。窗簾撕破玻璃般拉開，背景音樂滾動石頭。他發現剛才趴在一個懸浮的枕頭上的船長和我長得一模一樣，只是他的頭髮無法一根根豎起來。草地碧綠，一股寒風在竭盡全力否定他。我呢？我跳上水瓶座，皮革的氣味差點讓我窒息。雲一塊塊下墜，化解酒精的作用。他用牙齒磨了磨鉛筆頭，寫下兩句話：「開始我失去了味覺，我趴在馬鞍上，等待騎兵的出現。如果我真的去過那裡，你會在哪裡？」

Over！成批的野戰部隊在淺灘處借水化妝，我一個也不認識。不是他們，是他們的行為。

水母圖案登陸。「軍中一色綠，如天晴時。」他把步話機藏在帆布包裡，下山的土路一點點下滑，幾乎是無意義的，而我撤回訂單。乘客披上預報員的表情，陸續坐在轉盤上，舞臺中間有一團火，不冒煙。

費特希耶

「退燒藥的愛」

——陳建《苦艾酒》

在一天尚未打磨乾淨自己時，他不敢去想那些瑣屑的心事，比如小島的齒邊，漁船上曾經的命運。他叔叔把一隻八爪魚放大，拋向村子上空，籠罩著，那雲氣。我不記得他有一位叔叔。

語言推進的方式可能是負數，我的掌紋還沒出現纜繩。在博斯普魯斯海峽*，欲望燃燒。一場雨，又一場雨，蒼穹早於瓷釉，用冷卻懲罰落入水的傷痕。安慰逆向而來，如同你和他在時間中倒進。

但每個人都需要一位叔叔。J適時上岸，把一艘破船藏在岩石的陰影中。他的胖嬸嬸還在準備心情，按文字順序把麵包、橄欖、清水和夢的殘留物放在松香裡，而她自己還需要一個更合適的理由走下石板路，坐到橄欖樹的斑駁中。她在手心裡練過無數次，每一次都失敗在最後一彎。那就放棄吧，退回到她不曾離開窗臺的虛無中。

海浪又一次拍碎命名，城堡是為後面的字母準備的。我的目光正在為幾隻穿越桅杆的海鷗苦惱。當他，或者說，當我默默地停在大寫的J上，一切發生又未完成。

---

*　又名伊斯坦堡海峽。

南澳

最近J會很忙，但並非忙得手腳並用，必須停止思考，像一隻鬥紅了眼的公雞。「咬脖子！咬脖子！」一個小男孩手機裡發出的尖叫，讓他放下手中的瓦刀。這面牆實在沒有必要，海風自古以來──什麼？他不能做過多的思考。

一片傾斜的空地，有人排成一隊，練習划槳。我把走私的題目從塑膠桌布上刮下來。今天的工作終結於一個提前撤銷的假設：木頭已腐爛，J歸來，坐在我對面的旗杆上，眼睛開始適應酸澀的風景。「很多時候，他提供程序設計中的語言基礎，可是，他很絕望，徹底的，沒有來由的絕望。」

遊戲規則是，他必須先讓出腳下的空間。

碼頭上，背空簍的神話，以及我一下撤掉桌面。蟲子蛀過，J還在複製自己的影子。「我考慮過了，一臺水泥攪拌機，划空槳的群眾盲目相信禁漁期不應該禁止娛樂。」

直到有一天，我真正退出舊房子背面的斜坡，秋天彌漫開來。J枯瘦、憔悴，無法擺脫抽象的挪位。這是一門廢棄的藝術。

鳳陽

我（沒有家）的樓下睡著幾匹布虎，張牙舞爪，一下雨就掉色。我小心翼翼解開黏在一起的情節，滿是破綻，一些很扯蛋，在山頂洞裡替大家改褲襠。潮濕是我們犯病的原因，水泥裡的，報告裡的，絕大部分陽性骨髓裡的，或者，打敗紙張的攻擊。他用別人的手鋪開自己的本性，認出泥漿裡的古老面孔。搏，從初刻起，我自信的咳嗽快蓋不住了。

虛妄的蝴蝶，胖蝴蝶，我怎麼來圓這個場？翩翩的墜落，他幾乎騙過每一個人。

「你如何消耗自己的良心？」我的刀叉，每個人的刀叉。

終究是物種的拖鞋在貨架上老了。

他本來可以住在地洞裡，得到後世的照顧，但愚蠢妨礙了他的正常運行。我抱著某個方面的玩具，在蘑菇房頂上向右轉二十一圈，然後往回左轉不到七圈，在非常模糊又微妙的地方，遇見當年的守衛。「我們割煮，在荒漠中。篝火燙到了皮，朔風如箭，浮腫處更易破傷風。」

下一站南下，他是表面上的傷感機器。我切了一塊，我們共同的菌。

大乘弄

題記如水面起風，不是正文。大舅拆完屋頂，還不過
癮，爬到自己的腦頂上揪毛。我明明知道他不會認人，
但皮下組織有什麼？我吹滅蠟燭，請先生與學生進門，
分兩路包抄一個中心。那個空空如也的圓圈（思考與源
泉的偶然關係，名字中的隔代，屬相的利弊。可能，絕
對確認的部分靠演繹存活），他刷牙時不小心弄倒牙刷
的毛髮。真是慚愧，我讀到頭暈和銀絲。切莫用手，要
為塘子起褶默默祈禱。

——小樓可曾春風？掛曆上的美人兒燻黑下巴，那要倒
　　推二十四年，她們化了另一種濃妝。（妝術與生肖
　　和歷史強關聯。）

——一路無聊過來，你說兩句，我接三句，完全是治外
　　自由。大舅每天往自己的茶缸裡滴一滴魚露。何其
　　怪誕，小鎮史專家租下香紙鋪的閣樓，從未見他邁
　　出一步。書已經長毛，堪比大夥兒的心。

補注無需多，有用數條即可。缺胳膊少腿的殘局展明天
揭幕。東西兩廂房，蟋蟀在輪值。花裡胡哨註定是圓滿
的空洞。你拐過去，迎著那個人！

金角灣

這些白砂糖在六邊形的玻璃罐子裡放了不知多少年。你
知道嗎？我每天早上推開朝東的窗戶，看見晨光像蜜一
樣厚厚抹在窗前空地散落的亂磚上，我會想到你如何趁
局勢尚未明朗給自己的言之鑿鑿加大籌碼。我是你的犧
牲品，在每一個疑惑的時刻，在即將逃離本性的泥淖那
最後的關頭。

故事要從你是誰講起。借用一個藝術評論家的比喻，講
述者是逃亡的幫兇。一次無心闖入，急忙退出：「對不
起，我什麼也沒看見。真的，我最近用眼過度，分不清
悲劇和喜劇。」你說什麼？他們蹦跳著，不去傷害路邊
的螞蚱。

躲開出生地，你還是無法躲開我。記得在塔可西姆廣
場，天空被一隻髒手撫摸，下午晚些時候的光，壓抑著
自己的表達。我們打量著彼此的表情，身旁人流湧動。
遠處，在一家咖啡館的門口，落寞地站著你的化身。
「還需要去哪裡？阿爾達汗？」我又加了一勺糖，從食
指抵達的地名那裡，連接你和你的過去，不管它是一種
虛構，還是碰巧與誰重合。

環江

地圖中間，大環江像一條毛毛蟲扭動身子。J下意識摸了一下腰，膏藥已失效，自行車鏈條像傳家寶那樣滿是油漬，漬，不是脂。下一節課我們進入小作坊時代，每一位老師表演絕技：倒背《絕育手冊》，敲竹槓交響樂，點石成土化肥，千步穿柳條成筐且滴水不漏，還有什麼？還有什麼？我們這裡只有老師，老師教老師，J補充道，我們何時能培養出一位學生？

我是在三六九趕集時，經票友販子介紹，認識了J的上半身。不知誰沒看好那些牛犢子，牠們跑到瓜棚底下，擠在一起，非常入神地圍攻他，逼得他只能一下下跳高，尋求幫助。因為他的鞋彈力不夠，加上我最近脖子緊，我們只能打個上半身招呼，然後去忙各自的事情。我忘了介紹自己，一小部分是因為客戶們非常有趣，令我應接不暇，絕大部分是因為我也忘了自己到底是幹什麼的。我後來在一塊破布上讀到自己的腳丫子，左邊那隻像一條蛇的篆文，右邊那隻像胖胖的小老鼠。本質上，我是自己的J。

莒縣

「是不是真正存在一本叫《文本》的書已經不重要。
文本這個詞，如此頻繁地被使用，甚至濫用，不再新穎
獨特，注意！」他轉身，在沒擦乾淨的地方找到一個巴
掌大的空白處，用紅粉筆寫上「頻繁＝平凡」，頭也沒
回，對著黑板繼續。「這個世界太缺乏這樣的作品了，
比如《磚頭》、《木頭》、《標語》等等等等一類的哲
學論著。」他差點噎在那裡，不得不暫停，轉回身來，
面對一屋子的西瓜。

四夕先生是J的妹夫，兩年前沿著313省道，尋找日常中
的悖論。J生怕出事，每天什麼也不幹，開著北京牌農用
車，尾隨在後面。J是我們縣有名的孤兒，除了一張嘴，
別無長物。所謂北京牌，他說得多了，你不妨當真。

再回到313省道。路上出現過許多瓜皮帽，因此也不缺
四夕先生這一頂。「務必用小刀把瓤剜乾淨，再經過特
殊工藝處理，確保最後戴著腦袋上，各個看著似是而
非。」而非非？飛飛？肥肥？J在想，不如選狒狒，四夕
一定喜歡。

桑斯

「兒童沾滿泥土的手指」
　　　——帕斯卡爾·基尼亞爾《遊蕩的影子》

這是一場長達八小時的自然主義戶外表演。虔敬者瑪麗第一個出場，坐在約納河畔的長椅上發呆。她邊數樹葉，邊轉動念珠。河面上游過五六隻鴨子。牠們像是從誰家的電視屏幕上下來，從容地穿過淺綠色的化纖地毯，由領頭鴨輕輕撞開虛掩的門。（帕斯卡爾老爹被一股神祕的力量推下行軍床。幸虧動作靈敏，他只摔斷了右邊的胳膊，還能用左手，把劇情裡的倒敘部分歪歪扭扭寫在當天報紙的騎縫裡。）前任市長的緋聞男友背著一袋切好的洋蔥，走進鐘錶店。我騎在J的肩膀上，注視著場景的轉換。空中不時傳來一聲尖叫，但淡藍色的底子裡，彷彿只有灰兔子的尾巴掃過。我兩鬢的捲髮在瘋長，而J聽見了輪胎摩擦路面的聲音。朱莉亞嬸嬸從圍裙後面變出兩個帶吸盤的奶嘴，把它們貼在銅像的兩頰上。「禁止打擾！」中場休息，其實就是吃午飯時間，一群大號喜鵲，嘴裡叼著指示牌，在默默進食的人們面前轉悠。我的鬢毛已經垂到J的腳踝處。

雨花台

我們排隊打啞謎的活動有一個死扣：很多人捂住乒乓球，卻止不住口水。天太熱了，熊貓手帕一度脫銷，進吳良材眼鏡店的丫鬟們一律免費照鏡子。瞧，她昨晚睡得很早，照進去的東西怎麼也摳不出來。

我給算盤珠子押過一次寶，賭瞇縫眼的賊沒走到開封，就急不可耐地解開盒子。盒子裡有一隻金龜子，24K的，被長著蒔蘿細腿的蜘蛛嚇癱在那裡。我閉上眼，能想像他驚悚的表情，可惜大家忘了往他嘴裡投乒乓球。

千年難得的一次敗家機會！他近來咳嗽加劇，胸膛下去不少。她晃著滿是雲鬢的腦袋，細聲細語描繪街上的新奇玩意兒。少爺傻呼呼還杵在天井中，愣是把芭蕉葉的綠盯出了門外。這宣德年間的事，到了康熙末年，江寧有人喊冤，哭乾了荷塘，你才想到去檢查門閂。

這麼說，我還是不停打嗝，吐出珍珠圓子。活動主辦方準備了兩打系統，屏蔽我的不雅。那個喜歡喊「卡特」的主任，穿過製造局的往昔時光，蹲到我面前：醒醒，醒醒，舞臺已經搭好。

肯特

他的鼻孔進了沙子，前面站著五個手持水喉*的消防隊員，當然是小學二年級自願者扮演的。頭盔太大，完全遮住了他們天真的眼睛。我就等導演喊開水。我的手機屏幕上有語音自動識別功能，會立即響應，遙控打開水龍頭，小朋友們握著的水喉會同時對準他的鼻孔泚水。導演本來完全可以自己拿著手機，或把它塞在胸兜裡，直接操作，速度還更快。但每一個導演都需要一個助理，我就是那個助理。

「業餘時間我們去坐火車，在老式的車廂裡點紅茶，用集郵的小鑷子，小心翼翼地把白砂糖一粒粒夾進去。你看那個波士頓人，假裝在那裡讀書。你知道嗎？十九世紀末，波士頓人回城，要先答題。非常學術的問題，沒有一個單詞少於三個音節。我們快過賓州了，希望他能順利過關。」可是我們離開的地方，既和李爾王忠實的僕人無關，也看不見海。我們北邊的湖浩渺無際，風吹落無數帽子上的羽毛。「關於一間空房子裡的遺物，你是在哪裡聽說的？我們返回吧，還是俄亥俄州好。」

---

* 　水龍頭。

牡丹江

我接到一張大訂單，比廣場還大的訂單。片警小馮掄胳膊，甩著彈弓，否定了我：「什麼呀，不就是長度嗎？我告訴你，某某年間，雪堆積如玉帝的饅頭，所有神話，在成形之前，開始尋找自己的起源。把話筒關掉，我說後面一排，你們怎麼這麼像我二姨家的？打倒二姨！」

在神經二元接地演習中，有一個嘴巴歪到耳垂的強弩著不笑。這不是罪孽，這是緩衝地帶。

我先看到「座」字。按以前的習慣，我們是互補的：茶道在西南邊，但湖北近來不平安，孔明燈總是落進意識的井。誰出費？延綿不絕，即不絕雞肉！用普通話說，絕不是雞肉。

我們去參觀廠棚，額頭上冒汗，一個跳大繩的汗從草地裡冒出來。（我忘了第幾次用到冒字。）

所以我們要思考他的惡，或者我們的無能與無奈。螞蚱繞著他的腳踝，他的太陽穴快爆炸了。只是，如果拋棄技巧，我是可以安慰你的，如同馬鞍上沒有馬鞍山的人，而秦姑娘走下山坡，看見了老虎。

黃姚

東門關了，賣豆腐花[*]的二姨瞬間老了十歲。二姨夫不擔心，因為第二天一開門，她又會戴上面紗。

做豆腐花不複雜，所有原料和步驟，她爛記於心。一隻淺黃的蝴蝶，翅膀上刻著村子的一二三四，停在黎明的腦門中。事情變得複雜，二姨夫在電話裡住了五年，還是沒打通線路。「我們想想怎麼發明髮絲一樣的豆腐花吧？」二姨問代理電工，怎麼能在午飯前，拆開聽筒，拯救家庭危機。

代理電工身兼數職：二姨夫的裁錢顧問，雞屎專利協調員，三更冒險實習生，堪輿學油印本補缺專家……我問幾號字，他摸出一把芝麻，撒在模具上。我有若干個二姨，每天徘徊在電信營業廳門口。天黑得很慢，像老母鴨下河。

上次酒席上，我不得不把毛筆插進豆腐花。因為忘了邀請風博士，氣氛難免有點過於沉悶。我數到第六指時，二姨從後門進來，脖子上掛滿電線，每一根都夾著紅夾子：「他個死鬼，非要學假嗓子，說什麼綠勝於紅。你看我怎麼收拾他！」她在學代理電工說話。

---

　　*　即大豆製成的小吃，臺譯為「豆花」。

六部口

「（巴托克）本來要去登臺謝幕，卻走錯了
　一扇門，發現自己到了街上。」
　　　　　　——亞力克斯・羅斯《餘下只有噪音》

冰棍是熱的，怎麼不可能？你看它在冒氣。六點鐘不到，
牆角的茴香色，蹲磚大爺又上升了幾公分，我說不準。還
是快點跑，別讓影子追上你，猛地從前後兩個方向同時撲
向你。這是一個小概率事件，從側面看，很像愛。

他又挪了一步，更靠近電線杆上的尋人啟事：捲毛，兩
週沒洗澡，感覺被爪子反復撓傷，再用灌了磨成汁的膠
水打理乾淨。小心他燙傷人的眼神，自動關閉的內心！
他不是喜歡搓手，搓出一股雞屎味嗎？

在開業奠基儀式上，指揮揮舞智慧棍，冷靜而理智的樂
章進入平滑肌。還是彩排階段，拉開折疊椅，擺出筆直
的歷史。樂手們匆匆排成三十隊，其中絕大多數是單人
隊列，但粉筆在裂開的地面上畫好正十字，便於他向方
位看齊，而不是自己。但自己又是什麼呢？一碗沒放菜
碼的素麵？一個倒扣成功的空碗？裁判扔下籃球比賽，
加盟雨中音樂。你稍微往後移一點，但太難了，我雙腳
發麻，耳朵裡漏出蝌蚪。

不要北望，西什庫的雨更大，像一場遺忘。

平谷

我們建立胡阿尤基金會時，他已經離開快二十年了。當
時平谷還是一個縣，天亮前收集露水的仙姑經常看見野
兔子在半空中飛來飛去。我委託紫薇親自去太后村打探
情況，沒得到任何結果。

紫薇不是一個女子的名字。它就是一棵樹，在不正常
的情況下，能形成無數個無形的分身。這些分身並不
平等，絕大部分普普通通，能力低下，根本執行不了什
麼任務，可以視為雞肋一樣的東西。但是，如果你運
氣好，在第一聲雞鳴前，喝下一杯藍顏色的水，又沒腸
胃不適，你有可能和我一樣，在沒有信號的房間裡，依
舊可以聽見遙遠的聲音。「我想起來了，當時他在石磨
上盤腿而坐，口吐豌豆花。我手中本來找不到容器的一
把汗，不停落進玄武岩的碗裡，可好聽了。他假裝沒聽
見，他心中的驢叫還在斜坡上消滅。」

何止好聽？還有淡淡的香氣，在清冷的天氣裡，讓他忍
不住流下眼淚。「老象峰溝壑縱橫，在他的臉龐上布置
歲月。淚水的歲月。」他閉上眼睛，天空像鏡子一樣黯
淡下來。

卡西諾

我最接近它的一次是在公路上。前面一輛裝扮成馬車的瑪莎拉蒂晃晃悠悠，我搖下車窗，聽見鞭子擊打空氣清脆的響聲。空氣很透亮，路旁的松樹像一排陰沉著臉的傭人，用克制和禮貌表現出他們驚人的智慧。遠處似乎聳立著一座古堡。他遞給我一塊手帕，您想起什麼了？

時間的隧道，如果我們可以不受睡眠的誘惑，晚飯不吃那個可憐的鵪鶉，如果雨全部下在雨靴裡，感受的觸鬚是一根根纖細柔軟的不鏽鋼絲，穿過它，無非像穿過明暗交替的虛無。我離那個人越來越遠，而他離我越來越近。

是的，頂篷打開了。情節比構造它們的實體空間更有序。皮革質地的背景，你願意關燈，沉浸在這尷尬的曖昧中。本身是本身的符號，也只會如此。古堡殘缺的側室裡，兩隻迷路的羊互相躲閃，保證沒有眼神交流，不洩露不遠處的目標，一個戰俘曾經凝視的蒼茫天色。

告訴他們，草色青青，心不如溫玉。

彷彿看見了真正的羊群，牧羊人瘋狂地奔向海。我回頭，看見了塔尖。

錫林郭勒

線頭是一件有趣的東西，像我親愛的馬忙。「馬忙，馬忙，」大臉娃娃燈泡跳過來。「我把湖面桌布抽走，你猜，底下有多少骨骼？」

放鷹的首先是殺鷹人。主導線提前掐掉性，太多抽象，雨林在淋浴中茂盛。一部半導體曾經在一部書下發展，但不是你想要的關係。解開你的睡衣，雜毛織就的親屬關係，陝北人在逃離前，毛巾（有嗎？）的象徵在對表過程中對了。這只是巧合。

「重複，像史坦那樣。她／他證明毛的重要。具體，她鼻子下的鬍髭，她不斷撳，衰弱的發音，他們不能重新塑造嗎？」話停留在烏雲四周，毛線館裡，馬無聊地看著玻璃櫃裡牠的祖先。（這是我的幻覺。）

每天如此到來，然後走了。你能說什麼？

但他沒去過賓州。秋天需要一件毛線衫，不是你。鈕扣是必要的，如同那些句號。他們發電報給我（很符合那個時代），描述了水的形狀。她有點腹脹，走到唱片機前：「我昨天去買了幾個鍵，漆工很好。林子裡有人在打太極。」好了。

貓空－中國當代文學典藏叢書7　PG2686

 Cy Twombly 的郵戳

作　　者	少　況
責任編輯	姚芳慈
圖文排版	黃莉珊
封面設計	王　俊
封面繪圖	車前子
封面完稿	劉肇昇

出版策劃	釀出版
製作發行	秀威資訊科技股份有限公司
	114 台北市內湖區瑞光路76巷65號1樓
	電話：+886-2-2796-3638　傳真：+886-2-2796-1377
	服務信箱：service@showwe.com.tw
	http://www.showwe.com.tw
郵政劃撥	19563868　戶名：秀威資訊科技股份有限公司
展售門市	國家書店【松江門市】
	104 台北市中山區松江路209號1樓
	電話：+886-2-2518-0207　傳真：+886-2-2518-0778
網路訂購	秀威網路書店：https://store.showwe.tw
	國家網路書店：https://www.govbooks.com.tw
法律顧問	毛國樑　律師
總 經 銷	聯合發行股份有限公司
	231新北市新店區寶橋路235巷6弄6號4F
	電話：+886-2-2917-8022　傳真：+886-2-2915-6275

出版日期	2022年3月　BOD一版
定　　價	420元

讀者回函卡

國家圖書館出版品預行編目

Cy Twombly的郵戳 / 少況著. -- 一版. -- 臺北市
　　: 釀出版, 2022.03
　　　面；　　公分. -- (貓空-中國當代文學典藏叢
書 ; 7)
　　BOD版
　　ISBN 978-986-445-620-8(平裝)

851.487　　　　　　　　　　　　111000847